KB212093

여진

여진

안보윤 장편소설

문학동네

1
부

주둥이가 긴 개

주둥이가 긴 개. 시작은 거기서부터였다.

나쁜 일에 휘말릴 것 같다는 예감은 있었다. 전화를 끊은 뒤 껄끄럽고 찝찝한 느낌이 좀처럼 사라지지 않았다. 특별할 게 없는 통화였는데도 그랬다.

—개를 돌봐주실 수 있겠습니까.

남자는 그렇게 물었다. 단조로운 억양 때문에 개보다는 택배상자나 겉옷 따위를 맡기려는 사람 같았다. 구인 구직 사이트에 글을 올린 지 일주일 만에 온 연락이었다. 각종 알바 경험 있음. 시급 협의 가능. 이력서에 써넣은

나의 가치는 그 정도였다. 그러니까 그 말은, 내가 최저 시급 이하로 언제든 사용 가능한 잉여 인간이란 소리였다. 당연하죠, 얼마든지요. 반사적으로 튀어나간 내 대답에 남자는 잠시 침묵했다. 수화기 너머로 작고 얇은 것이 부딪는 소리가 났다. 희미한 소리였으나 끝이 무거웠다.

— 개가 좀, 늙었습니다.

— 괜찮습니다.

남자의 말투를 흉내낸 것에 민망해할 틈도 없이 남자가 말했다. 삼십 분 뒤 중앙 광장에서 만나기로 하죠. 개를 데리고 가겠습니다. 네? 오늘부터요? 네. 지금부터.

펫시터 일은 처음이었으나 남자에게 알릴 생각은 없었다. 개를 돌본다. 그저 그뿐인 일이었다. 개 먹이 주고 똥 치우는 일이 냉동창고 고드름 제거나 새벽 한시의 매운 닭발 배달보다 힘들 것 같진 않았다. 정 감당이 안 되면 개를 화장실에 가둬두면 될 일이었다. 개를 가둬놓거나 묶어두는 건 불법이 아니니까.

그럼에도 외출 준비를 하는 내내 몸이 무거웠다. 꺼림칙한 기분이 자꾸 남자의 목소리를 곱씹게 만들었다. 개를 돌봐주실 수 있겠습니까. 개가 좀, 늙었습니다. 한동안 보이지 않았던 얼룩이 슬그머니 나타나 발목을 타고 올라왔다. 흐릿한 이목구비가 남아 있는 한 뼘 크기의 얼룩이었다. 그것은 둥글게 뭉치거나 길게 늘어지거나 하며 내 몸 위를 느릿느릿 기어다녔다. 서늘하고 축축한 얼룩의 밑면(이라고 부를 수 있다면)이 피부에 닿는 건 결코 좋은 느낌이 아니었다. 나는 서둘러 몸을 털었다. 팔꿈치에 매달려 있던 얼룩이 바닥으로 굴러떨어져 납작하게 퍼졌다.

지갑 속 얼마 남지 않은 현금을 확인하고 운동화에 발을 밀어넣었다. 어느 틈에 다가왔는지 얼룩이 다시금 내 몸에 달라붙었다. 얼룩이 나타나는 이유에 대해선 정확히 알지 못했다. 얼룩은 아무때, 아무 곳에서 나타나 아무 이유 없이 사라졌다. 이번에도 그럴 것이었다. 나는 무릎께에서 표주박 모양으로 늘어지기 시작한 얼룩을 뜯어낸 뒤 집을 나섰다. 현관 타일 위에 나동그라진 얼룩이 버둥거리며 머리(라고 부를 수 있다면)를 들어올렸다.

중앙 광장은 집에서 오백여 미터 떨어진 곳에 있었다.

서두르면 오 분도 걸리지 않는 거리였지만 씻고 머리를
만지느라 제법 시간이 흐른 상태였다. 나는 뛰듯이 걸었
고, 광장에 도착하기도 전에 남자를 알아보았다. 그는 짙
은 녹색 코트 차림으로 광장 가장자리에 설치된 음수대
앞에 서 있었다. 주둥이가 몹시 긴 개와 함께였다.

남자가 나를 살펴보는 동안 나는 개를 보았다. 개는 자
꾸 시옷자로 벌어지는 앞다리를 추스르려 애쓰고 있었
다. 깡말랐고, 목과 주둥이와 앞다리와 허리와 아무튼 몸
의 모든 부위가 눈에 띄게 길었다. 개미핥기처럼 생긴 홀
쭉한 머리통을 붕붕 휘저으며 침을 흘렸는데 남자는 별
로 신경쓰지 않는 듯했다. 어디서 구했을까 싶을 만큼 굵
고 투박한 쇠줄이 개 목에 걸려 있었다.

개가 참, 까지 말하고 나는 숨을 골랐다. 예쁘거나 귀
여운 개는 결코 아니었고 늠름하다거나 뒷다리가 멋지
다는 빈말도 할 수 없었다. 개가 참, 하고 다시 말을 끊자
늙었죠, 라고 남자가 말을 받았다.

─늙은 갭니다. 그래도 살 자격은 있죠. 그렇지 않습
니까.

남자가 내 얼굴을 빤히 들여다보며 물었다. 네, 뭐. 나는 고개를 끄덕였다. 대답보다는 동조를 구하고 있는 것 같아서였다.

남자가 쇠줄 손잡이를 내게 건넸다. 받아들고 보니 한 뼘 길이로 겹쳐 접은 쇠줄 끝을 반창고로 둘둘 감아놓은, 개줄보다는 쇠사슬에 가까운 것이었다. 남자의 건조한 표정과 달리 반창고에 눅진 체온이 고여 있었다.

—양친은, 건재하십니까?

—네?

—이왕이면 화목한 가정에서 개를 돌봐줬으면 해서요.

기이할 만큼 진지한 눈이 나를 응시했다.

—어떻습니까? 화목한 가정입니까?

—뭐 일단, 두 분 다 잘 지내시는데요. 적당히 화목하고 그럭저럭 평범하고. 근데 그게 중요한가요?

—아주 중요합니다.

남자가 고개를 끄덕였다.

—평범하다면 됐습니다. 일주일 치 선불금은 여기 있고, 사료는 아무거나 주셔도 괜찮습니다. 개한테 특별한

버릇은 없는데 밤에 좀 웁니다.

　—울어요? 우우우우 하고 늑대처럼요?

　—아뇨. 그냥 웁니다.

　남자가 바지 밑단을 탁탁 털었다. 어디서 딸려왔는지 도깨비바늘 서너 개가 낮은 포물선을 그리며 떨어져나갔다.

　—출장 기간이 한 달이라고 하셨죠?

　—비슷합니다. 연락은 제 쪽에서 드리겠습니다.

　볼일이 끝났다는 듯 남자가 광장 바깥쪽으로 몸을 돌리는 바람에 나는 다급히 물었다.

　—저기, 그럼, 개 이름은 뭔가요?

　—갭니다.

　—네?

　—갭니다. 그냥 개.

　그냥 개는 정수리가 내 허벅지에 와닿을 만큼 컸다. 쇠줄을 절그럭거리며 개와 걷는 동안 나는 내 원룸 크기를 가늠해보았다. 부서져서 아쉬울 물건은 없었지만 개가 날뛰면 번거로워질 물건들이 방안에 가득했다. 애초에

나 하나 오가기도 빠듯한 공간이었다. 개를 화장실에 가둬두는 것도 불가능했다. 그 비좁은 직육면체 안에서 개가 할 수 있는 일이라곤 제자리에서 삼백육십 도 돌기 정도인데, 그건 어떻게 봐도 학대 같았다. 아니, 이 정도 크기의 개라면 반 바퀴를 채 돌기도 전에 수도꼭지에 머리를 들이받을 게 뻔했다.

원룸텔로 돌아와 현관문을 열자 미지근한 쉰내가 풍겨왔다. 주둥이며 뒷다리며 몸통이 죄다 긴 개와 함께 서 있게 되었을 뿐인데 새삼스러운 기분이 들었다. 방이 이렇게 좁았었나. 잡동사니로 가득한 원룸 내부는 압축된 통조림 캔 같았다. 응고되어서는 안 될 것들이 함부로 짓눌려버린 느낌이었다.

─자, 들어가자.

개가 서너 걸음 뒤로 물러서며 머리를 휘저었다. 개의 모든 다리가 지그재그로 움직였다. 반항이라 하기엔 지나치게 서툰 몸짓이었다. 쇠줄을 힘주어 끌자 기다란 몸통이 그대로 딸려왔다. 문턱을 넘은 뒤로는 거짓말처럼 온순해졌다. 개는 비슬비슬 걸어 냉장고 옆 구석자리에

가 앉았다. 그러고는 커다란 화분이라도 된 양 엉덩이를 바닥에 붙인 채 움직이지 않았다.

개는 앉은 자세 그대로 오줌을 싸고 머리를 휘저으며 침을 흘렸다. 밤이 되면 충실히 울었다. 남자의 말대로 그냥, 성대나 복잡한 기관의 연동 없이 숨을 몰아쉬며 흑흑 울었다. 컴컴한 방 귀퉁이에서 민숭하고 길쭉한 머리통을 조아리며 우는 개를 보고 있자니 잠이 싹 달아났다. 옆방 사람도 마찬가지였는지 현관문에 수시로 포스트잇을 붙이고 갔다. '소음 때문에 잠을 못 자겠어요' '여자 울리는 놈은 개새끼다' '니가 우냐?' '이웃끼리 배려 좀 합시다' '나는 토르다' 같은 문장들이 맥락 없이 이어졌다. 나흘이 지나자 옆방 사람은 포스트잇을 붙이는 대신 벽을 치거나 초인종을 누르거나 현관문을 걷어찼다. 그럴 때면 개는 잠시 울음을 멈추고 골똘히 앞발을 씹었다.

나는 밤마다 불안에 떨었다. 원룸텔 입주민들은 얇은 벽만큼이나 빠르게 진동하는 예민한 신경을 가지고 있었다. 열흘쯤 후에는 피폐한 몰골의 옆방 사람이 내 방 문을 따고 들어올 것만 같았다. 나는 토르다! 하고 소리치면서. 그가 움켜쥔 토르의 망치가 내 머리든 개 머리든 어느 것 하나는 박살낼 게 틀림없었다.

밤이 되자 다시 개가 울기 시작했다. 현관문을 후려치는 묵직한 소리가 들린 건 그때였다. 어제는 복도로 난 좁은 창문 틈에 줄톱이 끼워져 있었고 그저께는 검고 끈적끈적한, 정체불명의 무언가가 현관 손잡이에 발려 있었다. 개가 앞발을 씹는 동안 숨을 죽이고 있다 복도로 나갔다. 움푹 찌그러진 현관문 아래 소화기가 뒹굴고 있었다. 바닥에 떨어진 종이를 주워 펴자 매직으로 휘갈긴 붉은 글자들이 보였다. *나 지금 백번째 이력서 쓴다 이거 떨어지면 니 대가리도 같이 떨어질 줄 알아 개쌔꺄.*

개는 움직임이 거의 없었지만 존재감만으로 숨이 막혔다. 물에 불린 사료를 조금만 먹고 무른 변을 싸는 개를, 대여섯 시간 동안 꿈쩍 않고 동상처럼 굳어 있는 개를, 발작하듯 머리를 붕붕 흔들어대는 개를 도무지 이해할 수 없었다. 개라는 게 원래 저런 생물이었던가. 개들은 전부 흑흑 흐느껴 우나. 개에 대해 생각할 때마다 머리에 쥐가 날 지경이었다.

개는 밤마다 울었다. 북서향인 원룸에는 해가 거의 들지 않았지만 개는 밤이 오고 있다는 걸 그림자가 축축해지는 걸로 깨닫는 듯했다. 개가 흑, 하고 숨을 몰아쉬면 목에 쇠줄을 채워 광장으로 나갔다. 일단 집을 나서면 개는 울지 않았다. 시옷자로 벌어지는 앞다리가 저도 낯설다는 듯 안간힘을 쓰며 걸음을 떼는 데 집중했다. 개는 이따금 기다란 주둥이를 흙이나 풀숲에 처박고 어리둥절한 표정을 지었다. 지나다니는 사람들엔 무관심했으나 바닥을 기는 작은 것들, 이를테면 개미나 지렁이 같은 것들에 크게 반응했다. 손톱만한 돌을 입에 물고 걷는 내내 사탕처럼 빨기도 했다.

밤 산책이 반복되면서 개는 줄줄 미끄러지는 앞다리를 어느 정도 제어할 수 있게 되었다. 대신 중심 이동이 어설퍼 걸을 때마다 뒷다리가 이상한 방향으로 돌아갔다. 어느 날 광장에서 말을 걸어온 동물애호가가 개의 골반이 비틀려 있다고, 그래서 걸음이 불안정한 거라고 말해줄 때까지 나는 늙은 개라면 응당 그렇게 걷는 줄로만 알았다. 동물애호가가 침에 젖은 개의 턱을 닦아주며 말했다.

　—걸을 때마다 심하게 통증이 올라올 텐데 왜 매일 장시간 산책을 시키는 거죠? 엄살이 없는 개들은 더 유심히 봐야 해요. 표현하지 않는다고 고통이 없는 게 아니니까요.

　밤 산책이 어쩔 수 없는 선택임을 그에게 설명할 수는 없었다. 개인의 사정이라는 건 상대방이 알아듣기 쉽게 설명할수록 구질구질해지는 법이니까. 나는 원룸텔의 형편없는 방음 대신 다른 답을 내놓았다.

　—이 개는 걷는 걸 좋아해요.

　동물애호가가 경멸하는 표정으로 내게 쏘아붙였다.

　—달리 좋아할 만한 게 없는 거겠죠.

내 개가 아닙니다

한 달이 지나도록 남자에게선 아무 연락이 없었다.

내 전화 역시 받지 않았다. 핸드폰 전원이 꺼진 상태는 아니었는데 오전 오후 밤 새벽 어느 때 전화해도 연결이 되지 않았다. 그간 개의 안부를 묻는 문자 한 통 없었으니 당연한 결과인지도 몰랐다. 시멘트 바닥을 뒹굴며 나를 올려다보던 얼룩의 눈(그걸 눈이라 부를 수 있다면)이 떠올랐다. 그동안 얼룩이 나타나고 좋은 일이 생긴 적은 한 번도 없었다. 광장에서 쇠줄을 넘겨받지 말았어야 했다. 불길한 예감이 들 때 물러났어야 했던 것이다.

냉장고 옆에 우두커니 앉아 있는 늙은 개를 바라보았다. 어느 순간부터 개는 내가 쇠줄을 집어들 때 외에는 반응하지 않았다. 사료도 먹지 않고, 설탕물을 타주면 혀로 조금 할짝대다 말았다. 나는 낮에도 개를 데리고 광장으로 나갔다. 물에 불려 으깬 사료와 잘게 찢은 닭가슴살을 바닥에 흩어놓으면 개는 개미, 흙과 함께 그것들을 조금씩 핥아먹었다.

　밤 산책과 달리 한낮의 산책은 수치스러웠다. 개는 여전히 비틀린 각도로 걸었고 수시로 머리를 휘저었다. 민둥머리를 흔들 때마다 걸쭉한 침이 튀었는데 신발이나 옷에 묻으면 종일 악취가 따라붙었다. 과하게 익은 두리안 열매를 반으로 쪼갰을 때나 날 법한 냄새였다. 개는 이빨이 여섯 개밖에 없었고, 그중 두 개는 절반쯤 녹아 있었다. 검게 죽은 잇몸에서 악취가 나는 건지 목구멍 너머에 문제가 있는 건지 알 수 없었다. 비틀비틀 붕붕대는 개를, 털이 지나치게 짧아 벌거벗은 것처럼 보이는 커다란 개를 데리고 다니는 건 상당한 용기를 필요로 했다. 사람들의 반응은 대개 무례하거나 몰상식했다.

─내 개가 아닙니다.

　나는 웅얼웅얼 말하며 공원을 걸었다.

　─내 개가 아닙니다, 내가 그런 게 아니에요. 내 잘못
이 아닙니다. 이건 그냥 갭니다. 보통의 개요.

　산책이 끝난 뒤에도 안심할 수 없었다. 원룸텔 안으로
들어서면 무례하고 몰상식한 인간은 내가 되었다. 개의
울음소리는 습기찬 벽과 녹슨 배관을 타고 사방으로 퍼
졌다. 개에게 두꺼운 이불을 뒤집어씌워봐도 마찬가지였
다. 개는 밤마다 집요하게 울었다. 옆방 사람이 현관 여
닫는 소리가 들려왔다. 그가 썼다는 백 통의 이력서를 상
상하자 멀미가 솟았다. 백한번째 이력서를 쓸 생각은 없
는지 그날 이후 옆방 사람이 벽을 두드리거나 고함을 지
르는 일은 없었다. 원룸텔 비상구 옆에 놓여 있던 소화
기를 내 방으로 들여놓은 건 아직 모르는 듯했다. 제조된
지 십사 년이나 된 소화기였다. 안전핀이 녹슬어 아예 뽑
히지도 않았다. 화재가 났을 때보다 보기 싫은 인간 뒤통
수를 후려치는 데 훨씬 유용할 물건이었다. 소화기는 늙
은 개 옆에 놓여 늙은 개 못지않은 삭막함을 뿜냈다.

개 주인을 찾으면 되잖아. 누나가 작은 목소리로 말했다. 통화 볼륨을 최대로 높였는데도 공기 중에 삼켜진 자음을 캐내기란 쉽지 않았다. 누나는 짧은 문장을 최대한 작고 빠르게 속삭였다. 개 주인을, 찾아.

—옆에 누가 있어?

—아니.

—근데 왜 그렇게 속삭여?

—너만 들으면 되니까.

전화기를 양손으로 모아쥐고 두리번대는 누나 모습이 눈에 보이는 듯했다. 예전에 만난 누나의 룸메이트는 누나가 미어캣이나 햄스터 같은 동물을 닮았다고 했다. 털을 바짝 세운 채 주위를 경계하는, 몸집이 작고 죽을 때까지 삼십 데시벨 이상의 소리를 내지 않는 소동물류를. 누나의 룸메이트는 이사온 지 반년 만에 짐을 꾸려 나가버렸다. 쉿! 누나의 집에 들른 내게 그녀는 벌게진 얼굴로 소리쳤다. 내가 니 누나한테 제일 많이 들은 말이 뭔지 아니? 쉿! 이거야, 쉿! 이게 다라고!

—개가 좀, 독특하다며.

—독특하다못해 희귀할 지경이야.

—그럼 더 쉽겠네. 개 주인을 찾습니다, 글을 올려. SNS에 사진도 올리고.

나는 개를 바라보았다. 개는 냉장고 옆에 화분처럼 멈춰 있었다. 가끔 몸을 기울여 오른쪽 뒷다리와 발가락 사이사이를 신중히 빨았다. 개가 머리를 들 때까지 기다렸다가 사진을 찍었다. 홀쭉한 머리통과 긴 주둥이, 잔가지처럼 뻗은 네 다리가 잘 나오게끔 최선을 다해서 찍었다.

개 주인을 찾습니다. 이름은 개입니다. 늙은 개입니다. 주둥이와 머리와 몸통과 다리가 깁니다. 골반이 비틀어져 있다고 합니다. 잘 걷지 못합니다. 침을 흘리고 머리를 휘젓습니다. 낮에는 가만히 앉아 있습니다.

특징을 나열하다보니 누구도 개 주인이라고 나설 것 같지 않았다. 개에 대한 보편적인 특징이 필요했다. 왼쪽 옆구리에 흰 털이 하트 무늬로 났다든가 한쪽 귀가 접혀 있다든가 하는 식의, 상상하기 쉽고 명징한 아주 보통의 특징. 나는 개에게 다가갔다. 귀를 뒤집어보고 옆구리

24

와 뒷다리를 살펴보았다. 앞발은 그냥 앞발이었고 허리와 뒷다리도 그냥 길었다. 꼬리는 조금 달랐는데 어묵을 썰어놓은 것처럼 뭉툭하고 짧았다. 짧은 꼬리야 흔하다지만 '썰어놓은 것처럼'이 문제였다. 만져보니 꼬리 단면이 울퉁불퉁하고 딱딱했다.

개 주인을 찾습니다. 이름은 개입니다. 늙은 개입니다. 주둥이와 머리와 몸통과 다리가 깁니다. 골반이 비틀어져 있다고 합니다. 잘 걷지 못합니다. 꼬리가 짧게 잘려 있습니다. 잘린 단면이 새까맣고 울퉁불퉁합니다.

개의 특징은 더 보기 싫은 꼴이 되었다.
나는 개의 몸을 샅샅이 훑었다. 쏙 꺼진 배와 앙상한 다리를 더듬다 오른쪽 뒷다리에서 손이 멈췄다. 하나 둘 셋. 어째서인지 개 발가락이 세 개뿐이었다. 발가락이 하나 없다는 데에서 오는 위화감은 딱히 없었다. 개는 이미 여러 가지가 비틀려 있었고 평범한 부분이라곤 눈을 씻고 찾아도 없었다. 때문에 비교적 일반 범주에 드는 결손이 오히려 눈에 띄지 않았던 것이다.

발가락은 꼬리와 달리 인위적인 흔적이 없었다. 오른쪽 뒷다리 셋째 발가락이 있어야 할 자리가 움푹 패었고 그게 끝이었다. 짧은 털이 균일하게 덮여 있어 무언가 소실된 것처럼은 보이지 않았다. 분지처럼 완만하게 꺼진 자국 탓에 발가락은 태내에서 싹싹 지워진 듯 보였다. 그 부분만 세포분열이 특히 게을렀거나 애초에 설계에서 누락되었거나 한 것처럼.

오른쪽 뒷다리 세번째 발가락이 없는 늙은 개. 정리하자면 그것이 내가 선별한 개의 특징이었다. 개를 특정하는 무수한 문장들, 정확하고 개별적이나 비루한 냄새를 풍기는 문장들은 전부 지웠다. '주인을 찾습니다' 제목 밑에 개 사진을 두 장 넣었다. 광장에서 찍은 개의 얼굴은 어리둥절했고 냉장고 옆에서 찍은 개의 얼굴은 무기력했다.

SNS상에서 늙은 개는 그럭저럭 관심을 받았다. 특이한 생김새 때문인 듯했는데 개 주인이 개를 맡긴 뒤 연락을 끊었다고 밝히자 댓글 창이 소란해졌다.

'개 주인에게 무슨 일이 생긴 건 아닐까요. 걱정스러워요.'

상냥한 사람이었다.

'개가 죽으면 펫시터에게 배상받으려는 겁니다. 잘못 걸렸네요.'

세상을 험하게 산 사람이었다.

'늙은 개를 내버리다니 처죽일 새끼.'

화가 많은 사람이었다.

'개가 너무 슬퍼 보여요. 계속 주인을 기다리나봐요.'

순정한 사람이었다.

'곤란하시겠네요. 주인과 연락이 안 된다니. 보수도 못 받으셨을 텐데.'

그건 아니었다.

남자는 일주일에 한 번씩 내 계좌로 돈을 보냈다. 나는 개를 돌보고, 남자는 돈을 낸다. 그것만으로는 아무 문제가 없었다. 남자가 출장 비슷한 것에서 돌아올 때까지 두 달이고 석 달이고 개를 돌보면 될 일이었다. 그러나 금액이 문제였다. 남자는 매주 금요일마다 백만원씩 송금해 오고 있었다. 한 주도 거르지 않고 꼬박꼬박.

—천만원이 되면 무서울 것 같아.

—지금도 무서워.

　수화기 너머에서 누나가 속삭이듯 답했다.

　—개는 핑계고 내 계좌로 비자금을 빼돌리고 있는 거 아닐까. 범죄에 이용하는 건지도 몰라, 대포통장 같은 거. 내가 경찰에 잡혀가면 누나가 증언해줘. 난 진짜 모르는 돈이라고.

　—돈, 안 썼지?

　—한푼도.

　개가 훅훅 숨을 몰아쉬기 시작했다. 날이 저무는 모양이었다.

　—제보는 어때?

　—신경 쓰이는 게 하나 있어서 내일 만나보려고. 누나는? 새 룸메이트 구했어?

　누나는 답하지 않았다. 밤 산책을 위해 쇠줄을 끌어다 목에 묶자 개도 잠잠해졌다. 고개를 수그린 개의 길쭉한 이마에 손을 가져다댔다. 뜨끈한 기운이 손바닥 가득 고였다. 개가 긴 주둥이를 내 무릎 위에 얹었다.

　—학교에 내 소문이 좀 이상하게 났나봐. 사람들이 날 삼십 데시벨이라고 불러.

누나가 말했다. 벌게진 얼굴로 소리치던 누나의 룸메이트가 떠올랐으나 나는 말을 아꼈다. 조심해. 누나가 작게 속삭였다. 무엇을? 내가 묻자 누나는 잠시 망설인 뒤 대답했다. 무엇이든.

'개가 이상하게 울진 않나요? 이를테면 흑흑이라든가.'

쪽지에 적힌 내용은 그것뿐이었다.

누나에겐 조금 신경쓰이는 제보라 말했지만 나는 확신하고 있었다. 달갑지 않은 격려와 신빙성 없는 제보들로 가득찬 쪽지함에서 흑흑, 이라는 단어와 맞닥뜨린 건 결코 우연이 아니었다. 계좌에는 어김없이 새로운 백만원이 들어와 있었다. 개를 맡은 지 벌써 두 달째였다. 이제 이 주 남았어. 더는 안 돼. 의미 없는 다짐을 하며 나는 개를 끌고 나갔다. 광장 둘레를 돌며 조깅을 하던 동물애호가가 험악한 얼굴로 몸을 돌렸다. 광장에서 개는 괴물개나 유령견, 해골 따위로 불렸다. 누나는 삼십 데시벨. 그럼 나는 동물학대범쯤 되려나. 그 많은 호칭 중 당사자의 동의를 얻은 건 하나도 없었다. 개는 머리를 붕붕대고 있을 뿐이었지만 나는 억울했다. 아주 오래전부터 나는 늘, 억울했다.

나는 광장 가장자리에 설치된 음수대 앞에 섰다. 주둥이가 몹시 긴 개와 함께였다. 개는 자꾸 시옷자로 벌어지는 앞다리를 추스르려 애썼다. 개미핥기처럼 생긴 홀쭉한 머리통을 휘저으며 침을 흘리는 광경을 나는 애써 모른 척하고 있었다. 깡마르고, 목과 주둥이와 앞다리와 허리와 아무튼 몸의 모든 부위가 눈에 띄게 긴 개와 함께서 있자니 내가 그 남자가 된 기분이었다. 개 주인 비슷한 것.

'양친은, 건재하십니까?'

그렇게 묻던 남자의 진지한 눈이 떠올랐다. 남자의 생김새나 특징 같은 건 이상하리만치 기억에 없었다. 개를 살펴보느라, 뭔가 개를 칭찬할 만한 말을 고르느라 정신이 팔려 있던 탓이었다. 진지한 눈이라곤 하지만 남자의 눈이 둥글었는지 길쭉했는지조차 생각나지 않았다. 사실 내가 기억하는 건 단어 하나에 한 호흡을 다 써버리는 그의 기묘한 발성 정도인지도 몰랐다.

　약속 시간이 한참 지나도록 이렇다 할 사람은 나타나지 않았다. 먼저 만나자고 한 건 쪽지를 보내온 사람이었다. 개를 직접 봤으면 좋겠다고 한 것도 그쪽이었다. 장난이겠거니 하고 돌아가기엔 흑흑, 두 글자가 마음에 걸렸다. 나는 게맛살을 잘게 찢어 개 앞에 놓았다. 늙은 개는 먹지 않았다. 침방울이 흙바닥 위로 후드득 떨어졌다.

　─우리 개가 맞네.

　누군가 뛰어와 내 얼굴을 후려친 건 순식간이었다. 붕붕대던 개가 갑자기 머리를 조아리며 주저앉기에 그쪽으로 시선을 돌린 찰나였다. 몸이 뒤로 나가떨어졌다. 쇠줄이 확 당겨지며 목이 졸렸는데도 개는 반응하지 않았다. 개는 통각이나 압각, 뭐 그런 감각기관이 망가진 것처럼 납작하게 엎드려 앞발만 씹었다.

　─너 뭐야, 김선오랑 한패야?

　하관이 발달하지 못한 흐린 얼굴이 내 앞을 가로막고 섰다. 주름진 붉은 턱이 칠면조 같았다. 부리가 달린 것도, 목이 유달리 긴 것도 아닌데 그랬다. 나는 바닥에 주저앉은 채로 불그죽죽한 남자의 턱과 좁은 어깨와 급격히 넓어지는 엉덩이 같은 것을 올려다보았다. 역시 칠면조였다.

— 이거뿐이야? 다른 건, 다른 개는 어쨌어? 너 그 새끼 어디 있는지 알지. 당장 그것부터 불어!

칠면조가 내 멱살을 쥐고 흔들었다. 칠면조의 쩍 벌린 다리 사이로 늙은 개가 게맛살 냄새를 맡고 있는 게 보였다. 잿빛에 가까운 혀가 조심스럽게 빠져나와 흙바닥을 핥았다. 그 뒤편으로 보이는 것이 하나 더 있었는데, 양손을 번쩍 들고 이쪽으로 달려오는 동물애호가였다. 매일 조깅을 하고 있다는 게 믿어지지 않을 만큼 느린 속도였다. 앞으로 한껏 튀어나온 입과 턱만이 그의 결연한 의지를 보여주고 있었다.

눈먼 개들의 도시

제 말 좀 들어보세요, 형사님. 진짜 너무 이상해서 그래요. 말도 안 되는 일이 자꾸 벌어지는데 아무도 제 말을 믿어주질 않아요. 그런데 개는, 철장 안의 개들은 헛것이 아니잖아요. 제가 헛소리를 하는 거라면 도대체 그 개들이 전부 다 어디로 사라진 거냐고요.

……죄송합니다, 제가 원래 이런 놈은 아닌데. 그럼요, 사람 때리면 안 되죠. 아까 형사님 막 밀치고 그런 것도 죄송합니다. 제가 경찰서에 안 좋은 기억이 있어서요, 여기로 끌려오니까 옛날 생각이 나면서 정수리가 확 뜨

거워지는 바람에 그만. 제가요, 요즘 뭘 먹어도 소화가
안 됩니다. 아래로는 시꺼멓게 썩은 똥만 줄줄 나오고 위
로는 신물이 솟구쳐서 지나가는 개만 봐도 눈이 뒤집혀
요. 아까 개를 끌고 온 새끼, 아니 그, 저기, 그분한테도
진짜 미안하게 생각하고 있습니다. 근데 이게 다 김선오
때문에 이렇게 된 거거든요. 그분이 데리고 있던 비쩍 마
른 큰 개, 그거 장물이에요. 김선오가 훔쳐간 개라고요.
형사님, 저 진짜 부탁인데 김선오 그 새끼 좀 잡아주시면
안 돼요? 그거 완전 위험한 놈이에요.

  김선오 그 새끼는 처음 만났을 때부터 찜찜한 구석이
많았어요. 선배가 일 시키겠다고 어디서 데려왔는데 뭐
하던 놈인지도 모르겠고 뭔 생각을 하는지도 모르겠고.
우리 일이 열정, 패기 뭐 그딴 거랑 담쌓은 일이긴 한데,
암만 그래도 애가 감정이 없더라고요. 색깔 자체가 없어
요. 표정이나 말투나 행동이나 뭐든 다 무색무취 무미건
조. 형사님 곤약 아세요? 투명한 묵처럼 생겼는데 씹으면
뭉글뭉글하고 별 맛도 냄새도 없는 거 있잖아요. 근데 이
게요, 일단 뱃속에 들어가면 존재감이 엄청나져요. 먹은

거 같지도 않은데 도무지 무시할 수가 없는 거예요. 김선오가 딱 그랬어요. 곤약인간이었달까. 선배는 김선오를 되게 맘에 들어 하더라고요. 딱 봐도 사회 부적응자인 게 우리 일에 딱이라고.

우리 일이라는 게 별건 아니고요. 말해도 되나. 그게 좀 애매한 게, 딱 불법은 아닌데 아슬아슬하게 경계 타는 그런 거 있잖아요. 작정하고 털면 죄목이 나오고 모른 척 놔두면 합법인 거. 개들이 사라졌을 때도 그거 땜에 신고 못 했거든요. ……그래도 이거 하나는 자부할 수 있어요. 우리 공장은 다른 데처럼 불결하고 병든 개 방치하고 개들 막 패고 그런 막돼먹은 곳은 아니었어요. 오죽하면 오피스텔 같은 층 사람들이 저희가 개를 키우는 줄도 몰랐겠어요? 위생도 엄청 신경쓰고 늘 깨끗한 물 먹이고, 상주하면서 똥오줌 다 치워주고, 사료도 뭐, 싸구려긴 해도 아침저녁으로 꼬박꼬박 챙기고. 우린 진짜 소신 있게 경영했거든요. 아뇨. 공동대표라뇨. 저는 한낱 알바생에 불과하고요. 경영이랑 개 수술이랑 판매랑 이런 건 전부 선배가 도맡아서 했어요. 저는 시키는 일만 했죠. 잡일

담당이 뭘 알겠어요.

전 원래 개 공장이 뭔지도 몰랐어요. 근데 이 일 시작하고 보니까 시외에는 이런 게 수두룩하더라고요. 삼사십 년 된 곳도 많고 할아버지 때부터 하던 공장을 아들 손자 며느리가 물려받은 경우도 있고. 종류는 다르죠. 식용 개 공장도 있고 번식견 공장도 있고 쇼도그 전문 번식견사도 있고 드물지만 개가죽 가공하는 데도 있고요. 진짜 웃긴 건요, 선배가 독립하기 전에 일 배워온 데가 경기도 외곽에 있는 개 공장이었는데, 공장 바로 옆 부지에 유기견 보호소가 있더래요. 상상이 되세요? 이쪽에선 뜬 장 가득 개들이 똥 칠갑을 하고 있고 저쪽에선 그런 개들 구조하겠다고 사람들이 사방팔방 뛰어다니는 꼴이요. 뜬 장에 오래 있던 개들은 성한 곳이 없어요. 발바닥이 다 찢어지고 엉덩이랑 뒷다리는 뭐 말도 못하죠. 엉덩이에 철장이 파고들어서 짓무르고 살점 뜯겨나가는 건 다반사예요. 염증이 나도 치료를 못 받으니 산 채로 썩는 거죠. 큰 개들은 몸을 계속 구기고 있어야 하니까 앞다리가 엿가락처럼 휘어요. 그런 개들이랑 오백 미터도 안 떨어진 곳에 담요 깔고 자는 애들이 있는 거예요. 네 다리로 멀

쩡히 흙바닥을 디딜 수 있는, 깨끗한 물을 먹을 수 있는
개들이.

백한 마리예요, 제가 일한 곳에 있던 개들 마릿수가.
제법 비싼 개도 있었고, 새끼 밴 개도 여럿 있었으니까
금액으로 따지면 엄청나죠.

선배는 늘 바빴어요. 개들 교배시키고 새끼 낳을 즈음
병원 데려가서 배 째고, 새끼 떼다 애견숍에 팔고, 경매
에 인터넷 분양에 정신없었죠. 수술이요? 개가 알아서 출
산할 때까지 기다리면 새끼들이 너무 커져요. 임신 기간
길어져봐야 수지도 안 맞고. 애완견의 조건은 첫째도 미
니, 둘째도 셋째도 다 미니거든요. 무조건 작아야 돼요.
병원에서 적당한 때 새끼들 끄집어내주면 그럭저럭 자
라더라고요. 아무래도 개잖아요. 생산력 좋고 생명력 질
기고. 게다가 어미 개가 나름 모성애가 있어요. 지 새끼
는 어떻게든 살려내는 게, 자연의 신비랄까 모성애의 힘
이랄까. 그래도 우린 꼬박꼬박 돈 들여 병원 보내줬어요.
선배가 이전에 일한 공장에서는 사장이 수의사도 아닌

주제에 인공수정도 제왕절개도 다 지가 했다고, 선배한테도 가르쳐서 칼 쓰게 했다고 엄청 욕했거든요. 우리는 진짜 지극정성으로…… 병원이요? 제가 간 적은 없어요. 선배가 다 알아서 했고. ……모르죠. 저한테는 병원에서 제왕절개 하는 거라고 했으니까요. 제가 뭘 아나요. 선배가 말하는 대로 그냥 믿는 거죠.

김선오가 합류한 건 분양 사업이 한참 궤도에 올랐을 무렵이었어요. 반려견 유튜브랑 방송 프로그램이 뜨면서 품종견 수요가 엄청났거든요. 비숑이랑 포메가 엄청 팔릴 때라 저랑 김선오가 교대로 일했어요. 새끼 개들은 아무래도 손이 많이 가니까요. 김선오랑 딱히 친했던 건 아니에요. 말 섞기도 싫었는데요. 뭐든 대화만 했다 하면 종일 기분이 더러웠거든요.

한번은 직거래 때문에 오피스텔에 들렀는데 김선오가 웬일로 개를 안고 있더라고요. 엄청 크고 이상하게 생긴 개를요. 길쭉길쭉하고 앞다리가 나뭇가지처럼 엄청 가늘고 주둥이가 긴. 그건 뭐냐고 물었더니 원래 여기 있던 개래요. 근데 전 처음 보는 거예요. 우리는 번식견만 취

급하는데 그 개는 딱 봐도 너무 늙었고. 그렇게 큰 개는 수요가 드물거든요. 게다가 수캐고. 백한 마리 중에 수캐가 열 마리쯤 있긴 해요, 종류별로. 근데 같은 품종 암캐도 없이 늙은 수캐를 어디다 쓰겠어요. 개 주워왔냐. 꼭 키우고 싶음 그래도 된다. 백한 마리나 백두 마리나 뭐가 다르겠냐. 내가 그랬어요. 근데 부득부득 우기는 거예요. 원래 있던 개라고. 줄곧 여기 있었다고. 김선오가 구석자리를 가리키는데 거기 늙은 개 키만한 철장이 하나 있긴 하더라고요. 급조한 것처럼은 안 보여서 이상했죠. 그보다 더 이상한 건 김선오였어요. 개를 내 앞에 끌어다놓고는 다그치듯 몇 번이고 묻는 거예요. 이 개가 여기 있는 걸 정말 몰랐느냐고. 이 개가 정말 안 보였느냐고. 모른다, 그딴 쓸모없는 개는 내 알 바 아니다 그랬죠.

개들이요? 불쌍하죠. 불쌍해요. 그래서 전 개들 한 번도 구박한 적 없어요. 우리 개들은 원체 짖지도 않고 뭘 해도 덤비지를 않아서 돌보기도 수월했고요. 체념한 게 아니냐고 굳이 말씀하신다면야, 뭐 그런 점도 없지 않아 있겠죠. 짖고 덤벼봐야 굶거나 얻어맞으니까. 아니, 제가 그랬다는 게 아니라 일반적으로 그렇다고요.

저는요, 적어도 미안한 마음이 있었어요. 속죄하는 마음, 고마워하는 마음으로 성심성의껏 개들을 돌봤다고요. 말도 걸어주고 가끔 두세 마리씩 꺼내서 오피스텔 안도 걸어다니게 해주고. 개들이 철장에 오래 갇혀 있으면 걸음을 아예 못 걸어요. 태어나서 땅을 디뎌본 적이 없으니까 다리에 근육도 없고 일어서다 고꾸라지고 막 그러거든요. 바닥에 놔주면 얼음판에 올라선 것처럼 다리가 쭉쭉 미끄러지죠. 근데 제가 개들 걷게도 해주고, 월급 받으면 간식도 사서 나눠주고 그랬어요. 개야 개야 이름도 불러주고—그 많은 개 이름을 어떻게 일일이 붙여요. 그냥 개라고 부르는 거죠—귀랑 목도 쓰다듬어주고. 개들도 알걸요, 제가 잘 대해준 걸. 오히려 김선오 그 새끼는 개들을 늘어놓은 화분 다루듯 대했다고요.

처음엔 알레르기가 있나 싶었어요. 개한테 손대는 걸 아주 질색을 하고 싫어하니까. 유난했거든요. 어쩔 수 없이 개를 만져야 될 때는 두꺼운 목장갑을 두 개씩 끼더라고요. 배변판 꺼내서 닦는 건 맨손으로 하면서 개랑 잠깐이라도 닿을라치면 고무장갑 목장갑 가리지 않고 꼈어요. 곰팡이균 때문에 피부병 생긴 개들은 소독도 해주고 연고도 발라줘야 하는데 손도 대기 싫어하니까 제가 다 했고요. 개들이 토하거나 설사를 해도 저랑 교대할 때까지 냅두더라고요. 아니 암만 만지기 싫어도 상품에는 신경을 써야 할 것 아니에요. 다른 일은 끝내주게 잘하면서. 그뿐이면 저도 뭐가 있나보다 개가 싫은가보다 했을 거예요. 근데 이 새끼는, 저랑 눈만 마주치면 묻는 거예요.

이 개들도, 짖을 자격이 있는 거 아닙니까.
이 개들도, 마음껏 뛰어다닐 자격이 있는 거 아닙니까.
이 개들도, 살 자격이 있는 거 아닙니까.

그놈의 자격 자격 자격 타령. 그렇게 자격이 좋으면 지나 신나게 뛰어다니고 종일 짖고 개처럼 살든가. 다들 팔자라는 게 있는 거잖아요. 개나 사람이나 결국은 지 팔자대로 사는 거 아니겠어요? 재벌가에서 태어나 뭐든 넘치게 사는 사람 팔자랑 차상위계층 부모한테서 미숙아로 태어나 시설에서 사는 사람 팔자랑 다른 게 당연하잖아요. 개라고 별다른가요? 부잣집 팔려가 영양제 오독오독 씹어먹으며 계절 따라 옷 바꿔 입고 발톱 다듬으며 사는 개도 있고, 개 공장에 갇혀서 평생 새끼들 무한 리필 해주며 사는 개도 있고 그런 거죠. 제가요, 사기 전과 8범 아버지 밑에서 컸어요. 아버지 말로는, 그것도 사기일지 모르겠지만 암튼 그 인간 말로는 엄마가 아버지 출소하는 날 교도소 앞으로 택배를 보냈더래요. 두부 한 모랑 돈 이백만원이랑 저를 한 상자에 넣어서. 그런 팔자도 있는 거죠. 엄마가 저를 택배 상자에 넣을 때 누가 나서서 말려줬나요? 이애도 신선한 공기를 마실 자격이 있습니다, 버림받지 않을 자격이 있습니다. 택배 상자 말고 유아차에 담길 자격이 있습니다. 누가 그렇게 말해줬냐고요. 개들만큼, 그거 몇십 배만큼 저도 불쌍하지 않아요? 사람도 이러고 사는데 개가 뭐라고 저한테 사사건건 따지냔 말이죠. 그리고 그걸 왜 저한테 따져요? 선배한테 따져야지.

일이 바빠지면서 개들한테 좀 소홀해진 건 사실이에요. 일단 새끼들이 먹고 싸는 양이 엄청났던데다가, 처음 시작할 때보다 개들이 세 배 넘게 늘어났거든요. 처음엔 서른 마리밖에 없었어요. 위생이니 건강이니 케어할 만했죠. 근데 오피스텔 안이 개장으로 꽉 차고, 제가 할 일도 점점 늘어나고, 선배는 이쪽으로 출근하는 날이 거의 없고, 뭐 그리고, 개들은 안 짖고 그러니까, 우선순위가 아주 조금 바뀐 거죠. 개들보다는 제 인생이 우선이잖아요.

딱히 개들을 괴롭히거나 때린 것도 아니에요. 개 머릿수가 그쯤 되면요, 아무리 열심히 돌봐도 냄새나는 개랑 병드는 개가 생길 수밖에 없어요. 한번은 새끼 개들이 비슬비슬하니 밥도 안 먹고 물똥을 자꾸 싸더라고요. 파보가 돈 거예요. 파보바이러스라고, 어우, 그거 골치 아파요. 다섯 마리 걸리면 넷은 죽는다고 봐야 돼요. 그때 새끼 개가 열세 마리였는데, 전염병이라 분리를 해놓으려고 해도 공간이 없고, 그중 여섯 마리는 벌써 분양 예약이 되어 있는 상태였어요. 예방접종 끝냈다고 말했는데 이제 와서 병 걸렸다고 고백할 수는 없잖아요. 그냥 팔았죠. 여섯 마리는 예정대로 직거래하고 네 마리는 숍으로 보내고 세 마리는 죽었어요. 분양자들 클레임이야 선배가 알아서 해결할 테고, 우리가 할 일은 거기까지니까요.

죽은 개 세 마리는 다 한배에서 태어났는데, 어미 개가 원체 몸이 작고 부실했어요. 그래도 새끼를 낳기만 하면 바로 고가에 팔리는 인기 종이었어요. 아까웠죠. 죽은 개들을 신문지에 싸서 쓰레기봉투에 넣으려는데 김선오가 오더라고요. 마무리지으라고 넘겨줬어요. 꼭 전염병이 아니더라도 개가 죽는 건 드문 일이 아니어서 익숙했거든요. 근데 봉투 묶는 소리도 안 들리고 느낌이 싸한 거예요. 옷 갈아입다 말고 개장 쪽으로 가봤죠. 김선오 그 새끼가 새끼 개를 맨손으로 받쳐들고는, 어미 개가 있는 철장 앞에 우두커니 서 있더라고요. 진짜 나쁜 새끼죠, 니 새끼 죽은 꼴 좀 봐라 이건가. 안 그래도 그날 어미 개가 울었거든요. 생전 짖거나 울지 않았는데, 제가 신문지랑 봉투 꺼낼 때부터 철장 안을 왔다갔다 왔다갔다 뱅뱅 돌더니, 새끼 개를 신문지에 쌀 때는 숫제 흑흑 울더라고요. 짖어본 적이 없으니 우는 것도 희한해서 흑흑, 사람 울듯이 말이에요. 근데 김선오가 들고 있는 새끼 개를 보면서는 아무 소리도 내지 않는 거예요. 충격이 컸겠죠. 어미 개는 딱 얼어붙어 있고 김선오는 양손으로 죽은 개를 떠받치고 있고. 암튼 이상한 광경이었어요.

늙은 개가 울기 시작한 건 그때였어요. 시커멓고 비쩍 마른 그 커다란 개가요. 늙은 개가 있던 철장은 바닥이 좁고 위로만 긴 형태라 박제된 것처럼 앉아 있을 수밖에 없어요. 근데 그 개가 앞다리를 철장 밖으로 쭉 뻗고 엎드려서는 머리를 조아리며 흑흑 울더라고요. 상주가 절이라도 하는 것처럼 머리를 들었다 내렸다 철장에 주둥이를 쿵쿵 부딪치면서. 진짜 떠올리기도 싫은 광경이에요. 그뿐인가요? 다음날엔 어미 개가 감쪽같이 사라졌어요.

인기 좋은 나름대로 관리를 해요. 먹이도 좀더 좋은 거 먹이고 가끔 개껌도 주고요. 근데 다음날 가보니까 어미 개가 사라지고 없는 거예요. 잠금 쇠가 풀린 것도 아닌데 말이죠. 김선오는 모른다고 잡아뗐지만 모를 리가 있나요, 지가 어쩐 거지. 선배는 놔두라고 했는데 저는 그 일 이후로 김선오가 소름 끼치게 싫었어요. 그 새끼가 동정심에 어미 개를 풀어줬을 리도 없고. 아니, 그런 감성 풍부한 새끼가 아니라니까요. 딱 감이 오더라고요. 이 새끼가 같이 죽여서 묻었구나. 나중에 제가 슬쩍 떠봤어요.

그때 어미 개한테 대체 뭘 한 거냐고. 그랬더니 하는 말이, 슬픔을 지워줬다는 거예요. 몸안에 축적된 슬픔을 전부. 슬픔이 무슨 간장 얼룩도 아니고 싹싹 지운다고 지워지나요? 그게 무슨 뜻이겠어요, 죽였단 소리지. 그때 제대로 뒤를 캤으면 이 난리도 안 났을 거예요. 진작 쫓아냈으면 개장이 몽땅 털리는 일은 없었겠죠.

딱 두 달 전이에요. 그 새끼가 뜬금없이 이상한 소릴 하더라고요. 이 개들이 어떤 감정을 가지고 있는지 알고 계십니까? 또 시작이구나 싶었어요. 아니, 이 일이 싫으면 그만두면 되잖아요. 저같이 칠면조처럼 생겨서 알바 면접에서 다 잘리는 인생도 아니고, 그 자식이 생긴 건 또 멀쩡하게 생겼거든요. 아뇨, 잘생겼단 게 아니라 평범하게 생겼다고요. 특별히 연상되는 거 없이, 특별히 걸리는 거 없이 밋밋하게. 햄버거 가게든 전자상가든 다른 데 가서 일하면 될 걸 그만두질 않고 불평만 해대니 환장할 노릇이죠. 개들이 무슨 감정이 있느냐고 답해줬더니 그 새끼가 말하더군요.
　—인간이 가진 대부분의 감정을 개들도 느낄 수 있습

니다.

　―감정은 개뿔. 개들은 짖거나 꼬리 치거나 둘 중 하나야. 여기 있는 것들은 그나마도 못하지만.

　―여기 있는 개들은 불쌍합니다. 여러 감정을 배울 기회를 박탈당해서 한 가지 감정만 가지고 있으니까요. 그것만 곱씹고 곱씹어서 온몸 가득 번져 있습니다.

　―뭐, 무슨 감정인데. 분노? 증오? 나와서 우릴 물어 죽이기라도 하겠대?

　―슬픔.

　김선오가 저를 돌아봤어요. 단조롭고 정중한 말투로, 여전히 뭔 생각을 하는지 하나도 알 수 없는 표정으로 그러더군요. 여기 개들은 슬픔으로 가득차 있다고. ……누가 그걸 모르나요. 설마 공장 개들이 희희낙락 즐거움으로 가득차 있겠어요? 그걸 뭘 대단한 발견이라도 한 양 정색을 하고서는. 기운이 쪽 빠지더라고요. 이 새끼, 재수없는 새낀 줄만 알았더니 또라이였구나 싶고. 그럼 니가 지워주든가, 그랬죠. 개들이 슬픔으로 가득차 있고, 그게 니 눈에 보이면 니가 또 지워주면 되겠네. 지우개로

아주 깨끗이 지워줘라, 새꺄. 비웃고 나오려는데 뒤에서
그 새끼가 그래도 됩니까, 묻는 거예요.

―제가, 지워줘도 됩니까.

미친 새끼. 어미 개를 어떻게 했는지 제가 다 아는데
아주 쇼를 하고 있더라고요. 가증스러운 놈. 그땐 그렇게
만 생각했어요. 근데 지금 생각해보니까 그게 선전포고
였던 겁니다.

다음날 오피스텔에 갔더니 아무것도 없었어요. 정말
아무것도. 철장 안이 깨끗이 비어 있더라고요. 그게 말
이 되나요? 그 많은 개가 단번에, 흔적도 없이 몽땅 사라
져버리는 게. 네, 저도 처음엔 당연히 김선오가 훔쳐갔을
거라 생각했어요. 비싼 개들도 꽤 되는데다, 우리 공장
개들은 다른 곳 개들보다 상태도 좋았으니까요. 이 새끼
가 차떼기로 싹 들고 튀었구나. 일단 튄 다음에 몇 마리
씩 내다팔 작정인가보다고. 어떻게든 잡아서 그 새낄 족
쳐야겠다고 생각했어요. 그런데 말씀드렸잖아요. 진짜,

진짜 이상하다고.

선배랑 제가요. 오피스텔이랑 주변 가게들 CCTV를 다 돌려 봤어요. 근처에 주차해둔 차주들한테 부탁해서 블랙박스도 죄다 털어 봤고요. 우리 개가 백한 마리예요. 뭘로 움직였든 그 부피를, 그 무게를 숨길 수 없는 게 상식이잖아요, 그죠? 근데 없었어요. 오피스텔에서 나가는 게 없어요. 개를 옮기려면 박스든 철장이든 뭐라도 이동해야 하는데. 하다못해 개줄로 줄줄이 엮여 나오는 꼴이라도 어디에든 찍혀 있어야 하는데 없어요. 깨끗해요. 딱 한 마리. 그 새끼가 늙고 커다란 개 한 마리만 사슬에 묶어 끌고 나오는 게 CCTV에 찍혔더라고요. 그게 끝. 공범도 없고 수상쩍은 트럭도 없고. 오피스텔에서 박스든 캐리어든 손에 뭘 들고 나가는 사람 자체가 없었어요. 그게 말이 되냐고요. 백한 마리가 몽땅. 심지어 갇혀 있던 철장은 남겨놓고 개들만 쏙. 김선오 그 새끼는요, 심지어 철장이랑 배변판도 깨끗이 청소해놓고 나갔어요. 처음부터 그 안엔 아무것도 없었다는 듯이 반짝반짝, 완벽하게 텅 빈 상태로 만들어놓고 사라졌다고요.

근데 진짜 찜찜한 게 뭔지 아세요? 저는 그 개들이 어디로 갔는지 알 것도 같단 말이죠. 정말 말도 안 되는데, 제 두 눈으로 봐버렸으니까 안 믿을 수도 없고 진짜 미치겠어요. 그날 말이에요. 김선오가 죽은 개를 받쳐들고 있던 그날이요. 개를 만지면 두드러기라도 돋는 것처럼 질색팔색하던 놈이 그날은 새끼 개를 가만히 끌어안더라고요. 그러더니 쓰다듬기 시작하는 거예요. 섬뜩할 정도로 집요하게, 정성을 다해서. 재수없는 새끼에 또라이라고만 생각했더니 내가 이 새낄 얕봤구나. 미친놈이기까지 했구나 싶었어요. 그랬는데 그때,

깜빡, 하고
불이 꺼지듯 개가 사라지는 거예요.

김선오 손바닥 위에 있던 새끼 개가, 죽은 개가 깜빡, 형체도 없이. 저도 모르게 비명을 질렀는지 김선오가 휙 돌아보더라고요. 손바닥엔 새끼 개가 그대로 있었어요. 납작하게 엎드린 모습으로요. 선배는 제가 잘못 본 거라

50

그러는데 저는 진짜 봤거든요. 개를 도둑맞은 스트레스 때문에 헛소리하는 거라고, 책임 회피하려고 별짓 다 한다고 욕도 실컷 먹었는데요. 근데요, 형사님. 그렇다고 본 게 없던 일이 되는 건 아니잖아요. 다시 나타난 새끼 개는 정수리가 투명하게 녹아 있었어요. 지우개로 문질러 지우다 잠시 멈춘 것처럼 투명하게, 깜빡.

그림자의 계절

계좌에 입금된 돈은 어느덧 천만원을 넘겼다. 두려워하던 금액을 넘어서자 오히려 마음속이 평온해졌다. 손쓸 수 없는 지경에 이르렀다는 일종의 무력감 때문이었다. 천만원은 큰돈이었다. 천이백만원도, 이천만원도 마찬가지로 내겐 그저 큰돈일 뿐이었다.

ATM기에 통장을 밀어넣었다. 숫자들이 인쇄되는 동안 개는 미동도 없이 멈춰 있었다. 내가 쇠줄을 집어든 순간부터 기대감을 숨기지 않던 개는 편의점 바깥에 놓인 ATM기에 머무는 시간이 길어지자 어쩔 수 없다는 듯 사물로 변해버렸다. 옆에 쌓여 있는 음료수 박스와 비슷한 높이의, 그러나 그것보다는 덜 각진 형태의 사물이었다.

그런데 언제부터?

묵은 기록을 한꺼번에 찍어내느라 바쁜 기계 앞에서 나는 문득 의아해졌다. 기대하는 얼굴이라니, 언제부터 저 개가 표정을 갖게 되었지?

통장에 찍힌 숫자는 인터넷뱅킹으로 확인해본 것과 다르지 않았다. 더 실감나는 것도, 입을 틀어막을 만큼 놀라운 것도 아니었다. ATM 기계가 낡은 탓인지 인쇄 상태가 조악했다. 나는 통장에 찍힌, 흐릿하거나 줄이 그어져 있는 숫자들을 손가락으로 더듬었다. 이게 뭐라고. 나는 괜히 어깨를 들썩였다.

—내가 일해서 번 돈인데 못 쓸 건 또 뭐야.

운동화 앞코로 바닥을 툭툭 찍자 개가 고개를 들었다. 다시금 기대에 찬 얼굴이었다. 홀쭉한 몸통 아래로 슬그머니 빠져나온 앞발이 바닥을 긁기 시작했다. 그림자를 깔고 앉은 앙상한 엉덩이가 조금씩 씰룩였다.

개는 매일 고단백 식사를 했고(대부분 닭가슴살과 계

란 노른자였지만) 그건 내 식단보다 사치스러운 것이었다. 나는 아침으로 누룽지를 끓여먹거나 두유를 한 컵 마셨다. 점심은 건너뛰었고 일을 한 날 저녁에는 순대국밥이나 설렁탕을, 일을 못 한 날 저녁에는 컵라면을 먹었다. 역 앞 기사식당과 편의점 중 어느 곳에 가느냐가 내 유일한 고민거리였다. 개는 달랐다. 남자는 개에게 아무 사료나 먹여도 좋다고 했지만 지금 생각해보니 그 말은 어떤 사료를 줘도 먹지 않을 거란 뜻 같기도 했다. 개는 물에 불린 사료도, 전자레인지에 십오 초쯤 돌려 냄새를 진하게 만든 사료도 먹지 않았다. 습식 캔을 따주면 겉면만 핥고는 고개를 돌렸다. 내가 자꾸 들락거리자 동물용품점 직원은 펫 밀크와 육포 샘플을 여러 개 내주었다.

—제일 좋은 건 굶기는 거지만요.

직원이 엄숙한 얼굴로 말했다.

—밥투정에는 굶기는 게 직방이거든요. 밥그릇 싹 치우고 사나흘 굶기면 그다음부턴 웬만한 건 다 먹어요. 그걸 굶긴다고 생각하면 안 되고요, 마음 독하게 먹고 교육시킨다 생각하면 견딜 만해요. 개가 늙지만 않았어도 해볼 만한데. 아쉽지만 어쩔 수 없죠.

―왜요?

―늙은 개라고 하셨잖아요? 늙고 커다란 개라고. 그럼 교육은 무리죠.

―그런가요?

―아무래도 늙었으니까요.

직원은 개 이빨과 잇몸이 문제일 수 있다고, 소화기관에 이상이 있거나 성별에 따른 질병, 전반적인 노화 때문일 수도 있다고 말했다.

―개도 사람하고 똑같아요. 늙으면 눈 안 보이고 귀 안 들리고 입맛 없고 소화 못 시키고 몸 여기저기 고장나고 냄새나고 무기력하고 우울하고 그렇죠. 뭐라도 입에 대면 실컷 먹게 해주세요. 개들은 그러다 어느 날 훅, 가버리기도 하거든요.

직원은 온통 거슬리는 말들만 쏟아냈다. 그럼에도 딱히 반박할 수 없었다. 개는 이빨이 여섯 개뿐이었고 잇몸도 새카맸다. 쿰쿰한 묵은내와 지린내를 동시에 풍겼다. 늙고 무기력했다. 그렇다고 해서 저런 말을 들어도 되는 건 아니었다. *늙은 갭니다. 그래도 살 자격은 있죠. 그렇지 않습니까.* 남자의 말이 귓속을 맴돌았고, 그 점이 나를 견딜 수 없게 만들었다.

　나는 ATM기에서 오만원권 스무 장을 인출했다. 월세를 내야 했고 누룽지와 컵라면을 사 먹어야 했고 늙은 개가 삼킬 만한 부드러운 단백질덩어리를 마련해야 했다. 개를 데려온 이후로 나는 일을 나가지 못했다. 하루에 서너 번씩 개를 산책시키고 개가 지린 것을 닦았다. 동물애호가의 조언에 따라 발톱을 깎아주고 수시로 침도 닦아주었다. 노동의 대가를 받는 건 너무도 당연한 일인데 왜이제야 돈을 쓸 결심을 했는지 의아해질 정도였다.

　돈이 든 점퍼 안주머니를 신경쓰면서 중앙 광장을 향해 걸었다. 익숙한 지형이 나타나자 개의 다리에 힘이 실렸다. 개는 광장 이곳저곳에 익숙해져 있었다. 여전히 어리둥절한 표정이었으나 스스럼없이 잔디를 밟았다. 개는 수풀에 긴 주둥이를 파묻고 오래도록 냄새를 맡았다. 늙은 개가 마음에 드는 돌을 고르거나 개미들의 행렬을 쫓을 수 있도록 나는 최대한 천천히 걸었다. 흙바닥에 얼굴을 문지르던 개가 나를 돌아보았다. 머리통을 붕붕 흔들어 내게 침을 튀기고는 몇 발짝 떨어진 수풀로 가 다시 얼굴을 묻었다.

　광장에 다다르자 동물애호가가 겸연쩍은 얼굴로 다가
왔다. 언제 오든 광장엔 늘 그가 있었다. 이쯤 되면 동물
애호가가 아니라 광장애호가가 아닌가 생각될 정도였다.
조깅이 끝난 참인지 티셔츠 앞판이 흠뻑 젖어 있었다. 칠
면조 사건 이후로 동물애호가는 광장에서 마주칠 때마다
애매한 얼굴로 내 주변을 맴돌았다. 적의는 사라졌지만
어찌할 바를 모르겠다는 표정이었다. 그는 삶은 계란 노
른자를 부숴 개 앞에 뿌려주거나 개에게 무례한 말을 쏟
아내는 사람들을 대신 쫓아주었다. 아무것도 모르면서!
그는 끝이 갈라지는 새된 음성으로 소리치곤 했다.
　―아무것도 모르면서 함부로 떠들지 마쇼! 상관하지
말라고!
　정작 그는 우리에게 상관하기를 멈추지 않았다. 애호,
라는 단어에는 여러 의미가 있는 모양이라고 나는 생각
했다. 그가 나와 개 중 어느 쪽에 연민을 느끼는지는 알
고 싶지 않았다.
　나는 개에게 폭언을 하는 사람은 폭언을 하는 대로, 호

감을 보이는 사람은 또 그러는 대로 내버려뒀다. 내가 어떤 반응을 보이든 자기 좋을 대로 표현을 끝마쳐야만 그들은 만족했다. 비로소 떠날 명분을 찾았다. 그들은 손쉽게 혀를 차거나 더욱 손쉽게 개를 동정하며 뒤돌아섰다. 개는 그런 순간들을 잘 견뎠다. 어쩌면 그 정도의 삶밖에 모르는지도, 개에게는 그런 게 다만 일상이었는지도 몰랐다. 오래전의 나와 누나가 그랬던 것처럼.

광장은 늘 똑같았다. 해가 뜨고 기우는 각도와 적당한 간격으로 식재된 나무들의 앙상함도 일정했다. 고르지 않은 흙바닥 때문에 구깃구깃해진 그림자들이 간혹 늙은 개를 붙들었다. 트레이닝복을 입은 비슷한 체형의 사람들이 앞서거니 뒤서거니 걸었고 운동기구에 붙어 있는 사람들의 뺨은 늘 붉었다. 가로등이 켜질 무렵이면 술기운에 목청과 몸짓이 함께 커진 사람들이 광장을 채웠다. 사흘에 한 번꼴로 경찰이 와 수풀 사이에 술병을 숨겨둔 아이들을 뒤쫓았다.

개는 석 달 전과 똑같이 깡말랐고 여전히 목과 주둥이와 앞다리와 허리와 아무튼 몸의 모든 부위가 눈에 띄게 길었다. 그래도 벌어지던 앞다리에는 힘이 붙었고 나를 자주 돌아보았다. 때때로 개의 길고 좁은 얼굴에 감정이 어리는 것을, 몇 개의 주름이 자리를 옮겨 표정을 만드는 것을 볼 수 있었다. 그럴 리 없다고 생각하면서도 나는 이전보다 자주 개를 살폈다. 개는 여전히 개미핥기처럼 생긴 머리통을 붕붕 휘저으며 침을 튀겼지만 이제 나는 그것이 신경 쓰이지 않았다.

물에 담가 염분을 뺀 황태를 잘게 찢어 바닥에 뿌렸다. 황태와 계란 노른자, 삶은 고구마 같은 것들은 동물애호가가 일러준 음식이었다. 개는 그것들을 먹기도 먹지 않기도 했다. 무심히 앉아 있던 개가 자리를 옮기면 비둘기와 개미떼가 고구마와 계란을 먹어치웠다. 개는 자주 개미를 핥아먹으니 어쨌거나 잘된 일이었다.

개가 조심스레 걷다 발차기를 하듯 뒷다리를 길게 허공으로 뻗었다. 슬개골, 저건 슬개골이 빠져서. 참견하고 싶어 죽겠다는 표정으로 동물애호가가 입을 움찔거렸다. 비뚤어진 골반이든 빠져나온 슬개골이든 여섯 개밖에 남지 않은 이빨이든 개는 이미 너무 많은 곳이 고장나 있었다.

―그러니까 이 개가 구조된 개라는 거죠?

동물애호가가 은근슬쩍 말을 건넸다. 앞에 놓인 황태 조각을 코로 밀어낸 개가 흙바닥을 핥았다.

―그런 인간들 얘긴 뉴스에서나 들었어요. 개를 있는 대로 학대해놓곤 누가 구조해 가면 절도범으로 신고하는 인간들, 도로 데려가겠다고 난동을 피워 돈을 갈취하는 파렴치한 인간들이 있다고 말이죠. 저 인간처럼!

동물애호가가 나무 뒤를 힘차게 쏘아보았다.

목을 길게 늘이고 있던 칠면조가 나무 뒤로 몸을 숨겼다. 제 딴에는 잽싸게 움직였다고 생각하는 모양인데, 나무 그림자에 머리만 밀어넣고 있는 꼴이 어떻게 봐도 칠면조였다. 칠면조를 폭행으로 고소할 생각이 없다고 하자 수화기 너머에서 형사는 내게 잘 생각했다고 말했다. 그런 사람과는 말입니다, 엮이지 않는 게 최선이에요. 그 정도로 위험한 사람인가요? 내가 묻자 형사가 피식 웃었다. 지겨운 사람이에요, 아주.

지겨운 사람. 칠면조는 내가 가는 곳 어디에나 나타났다. 공원 표석 뒤, 공중화장실, 농구 골대 옆. 심지어 내가 사는 원룸텔 입구를 서성일 때도 있었다. 어느 날엔가는 나를 가로막고 서서 김선오는 언제 오느냐고 다그치기도 했다.

—모릅니다. 나는 그저 개를 돌볼 뿐이에요.

—왜? 이 개를 왜 니가 돌봐?

—일이니까요. 펫시터 알바.

—그럼 나한테 넘겨. 난 전문가니까.

핸드폰으로 경찰에 신고하는 시늉을 하면 칠면조는 뒤도 돌아보지 않고 도망쳤다. 그러나 얼마 지나지 않아 담벼락 뒤에 숨어 다시금 우리를 주시했다.

그날, 칠면조가 내 얼굴을 후려쳤을 때 제일 먼저 달려온 사람은 동물애호가였다. 눈 밑에 난 상처를 제일 먼저 알아챈 사람도 그였다. 칠면조가 후려친 곳은 내 아래턱이었고 넘어지면서 충격을 받은 건 엉치뼈였는데 무엇에 눈 밑이 찢긴 건지는 알 수 없었다. 눈, 눈이! 눈에서 피가! 동물애호가가 호들갑을 떠는 통에 칠면조가 뒤로 물러섰다. 울근불근 씰룩이던 그의 팔뚝에서 힘이 빠지고 있었다. 나는 일단 눈을 꽉 감고 신음했다.

보여요? 이거 보여요? 내게 몸을 바짝 붙인 동물애호가가 소리쳤다. 보여요? 네? 눈을 뜨자 손가락 두 개가 코앞에서 흔들렸다. 그 뒤로 경찰 두 명이 칠면조를 꽉 붙들고 있었다. 이 사람 눈이 멀었나봐요! 나는 일단 동물애호가의 손을 잡아끌었다. 반창고를 둘둘 말아놓은 쇠줄을 쥐여주자 동물애호가 얼굴이 몹시 억울해졌다. 잠깐만 개 좀 봐줘요. 동물애호가 대신 늙은 개가 고개를 주억거렸다.

눈 밑을 거즈로 누른 채 경찰서에서 진술한 시간은 오분도 되지 않았다. 한 달만 돌봐달라며 개를 맡기고 개 주인이 사라졌어요. 내 말에 경찰은 짧게 혀를 찼다. 유기의 새로운 방식일 수도 있습니다. SNS 댓글 창에서 본 것과 유사한 조언이었다. 칠면조와의 합의는 짧게 끝났다. 치료비도 배상도 필요 없었다. 나는 단지 그 자리에서 벗어나고 싶었다. 되도록 빨리.

칠면조는 경찰서에 도착해서도 부산했다. 쉼없이 떠들어대고 틈만 나면 내 멱살을 잡았다. 김선오 어디 있어? 너 그 새끼랑 한패지? 옆에서 제재하면 고개를 수그리고 앉았다가도 금세 눈알을 뒤룩거리며 일어났다. 이게 다 김선오 때문이라니까요? 그 새낄 잡아오면 다 끝날 일이라고요! 김선오가 얼마나 위험한 놈인지 당신이 알아? 아냐고!

형사들이 뛰어와 칠면조의 팔을 꺾고 책상에 뺨을 눌러 붙였다. 칠면조는 거세게 푸득거리다 다시금 얌전해졌다. 죄송해요, 제가 몇 년 전에 경찰서에서 안 좋은 일을 당한 기억이 있어서요. 비굴한 목소리를 내는 칠면조를 형사들이 질린 얼굴로 바라보았다. 결국 형사 하나가 칠면조 뒤에 붙어섰다. 칠면조가 몸을 뒤튼다 싶으면 잽싸게 어깨를 내리눌렀다.

안 좋은 기억. 그런 건 누구에게나 있다.

조사실에 거친 입자로 깔려 있던 침묵. 어두운 회색으로 덧칠된 시멘트 벽. 조명이 못 미치는 곳에 얼룩처럼 번져 있던 그림자. 너무 많은 사람들과 너무 많은 말들과 너무 많은 눈빛들. 단어만 바꿔 집요하게 반복되던 질문과 미심쩍은 헛기침 소리. 자, 어서 말해봐. 아니야, 말하지 않아도 돼. 네가 말을 해야 나쁜 아저씨를 벌줄 수 있단다. 입다물래도! 너는 거기서 무엇을 했니? 괜한 억측으로 애를 괴롭히지 마세요!

십수 년이 지났지만 모든 기억이 또렷했다. 가슴께까지 올라오던 철제 책상과 딱딱한 의자. 바닥에 발이 닿지 않아 내 몸은 자꾸 앞으로 기울어졌다. 똑바로 앉아야지, 하면서 내 어깨를 누르던 커다란 손이 있었다. 뒤를 돌아볼 순 없었다. 갈고리처럼 나를 옭아매는 시선 때문이었다. 조금이라도 손가락을 꼼질대면 금세 목소리가 따라붙었다.

불안하니? 뭔가 하고 싶은 얘기가 있어? 몇 살이라고 했더라, 아홉 살? 아저씨한테도 너만한 아들이 있어. 축구를 몹시 좋아해서 하루종일 뛰어다니지. 너도 축구를 좋아하니? 공이랑 너무 놀고 싶어서 집안에서 뛰어다닌 일은 없고? 거실에서 공을 굴리거나 발로 차본 적은 있지? 응? 괜찮아, 아저씨한테만 말해봐. 이빨을 감춘 상냥한 질문들. 그리고 이내 창날처럼 파고들던 날 선 말.

너와 네 누나가 무슨 짓을 한 건지 알기나 해?

진술 끝났으니 그만 가봐도 되나요. 나는 대답을 기다리지 않고 몸을 일으켰다. 눈가를 누르고 있던 거즈도 떼어냈다. 피가 밴 부분이 뻣뻣하게 굳어 있었으나 그 정도는 아무것도 아니었다. 내 다리는 그때와 달리 바닥을 단단히 딛고 서 있었다. 나는 내 힘으로 의자에서 일어날 수 있었고, 내 의지대로 그곳을 떠날 수도 있었다. 나는 불투명한 유리문을 밀고 밖으로 나갔다. 뒤에서 구구절절 말을 쏟아내고 있는 칠면조의 목소리가 들렸다. 늙은 개의 주인이 누구건 내가 상관할 바 아니었다. 나는 아무것도 상관하고 싶지 않았다.

─그래서, 눈은 괜찮아?

누나가 속삭였다.

─괜찮아. 상처도 다 아물었고.

그땐 경찰서 갔단 얘기는 안 했잖아. 누나 목소리가 조금 더 작아졌다.

─왜 그런 거래, 그 사람은?

─모르겠어. 개 주인한테 사기라도 당했나봐.

—너한테 입금되는 돈이 혹시……

—역시 그럴까?

누나는 침묵했다. 수화기 너머로 무언가를 세차게 문지르는 소리가 들렸다. 거친 표면을 가진 무언가가 갈려나가는 소리였다. 정작 내게 묻고 싶은 건 따로 있을 터였다. 초조할 때 목소리가 커지거나 헛기침을 하지 않는 면이 누나다웠다. 규칙적으로 오가는 사포질 소리를 들으며 나는 누나의 다음 질문을 기다렸다.

—저기.

이윽고 누나가 입을 열었다.

—경찰서에서는……

—응.

—괜찮았어?

—괜찮았지, 그럼. 나는 피해자잖아.

피해자. 누나가 말을 곱씹었다.

—경찰서가 무서울 나이도 아니고.

—응.

—이제 어린애도 아닌데.

—……응.

어린애도 아니고. 이번에는 내가 말을 곱씹었다. 기억
의 일부를 떠올렸을 뿐인데 등이 흠뻑 젖어 있었다. 한번
열린 기억은 걷잡을 수 없는 속도로 그날을 향해 내달리
기 시작했다. 끌려갈 필요 없어. 나는 갈색 빗금으로 변
한 눈 밑 상처를 만지작거렸다. 과거가 남기는 건 이런 지
저분한 흉터, 아무것도 아닌 빗금 정도다. 나는 현재에 있
다. 무엇에도 위협받지 않는 현재에. 다시 숨을 골랐다.

　─누나.

　─응?

　─이런 건 정말 아무것도 아니야.

아무것도. 누나인지 나인지 모를 목소리가 말을 곱씹
었다. 정말 아무것도 아니야.

기억

기억이 안 납니다.

남자는 말했다.

미안합니다. 정말로 기억이, 안 납니다.

남자가 손을 들어 코밑을 훔쳤다. 수갑 때문에 딸려 올라온 다른 손이 오그라든 채 허공에 떠 있었다. 남자는 태연한 얼굴로, 코를 훔치려면 으레 한 손은 떠 있어야 한다는 듯 느리게 움직였다. 허공에 뜬 손이 오그라든 건 붕대 때문이었다. 검지와 중지에서 시작해 엄지 두덩을 꽉 눌러 묶은 붕대가 남자의 손목까지 이어졌다. 붕대 끝에 튀어나온 손가락 마디가 붉었다. 남자의 변호사가 방청석을 흘끗 바라보고는 남자에게 뭐라 속삭였다. 남자는 두 손을 내려 무릎 위에 두었다.

먹구름이 하늘을 뒤덮고 있었다. 가로수마다 여름내 자란 잎사귀들을 한 자루씩 이고 있었다. 새떼의 흔적이나 낮게 나는 항공기 그림자 같은 것이 거리를 스쳤다. 그늘에 가려진 것이라면 얼마든지 있었다. 보도블록에 흘러내린 그림자가 입간판을, 트럭을, 육교를 차례로 집어삼켰다. 최종적으로는 검고 두꺼운 그늘 외에 어떤 것도 거리에 남지 않았다. 남자는 자신의 기억 역시 그러하다고 주장하고 있었다. 고백해야 하는 것이 무엇이든, 그것은 불규칙하고 무성의한 그늘 속에 숨어 있다고.

남자는 대체로 무표정했다. 재판이 진행되는 내내 담담한 얼굴로 몸의 각도를 일정하게 유지하려 애썼다. 고개를 들지도 완전히 숙이지도 않은, 앞에 선 사람에게 이마와 콧잔등은 보이되 하관은 보이지 않는 각도였다. 입꼬리에 그림자가 달라붙어 남자는 침울해 보였다. 내리깐 눈 아래가 푸르스름해 병약해 보였다. 달아오른 텅 빈 정수리가 비루해 보였다. 남자는 적당한 각도를 변호사에게 배우기라도 한 것처럼 자리에 꼭 맞는 꼴로 멈춰 있었다. 기억이, 안 납니다. 미안합니다. 두서없이 되뇌는 쉰 목소리 때문에 남자는 심지어 반성하고 있는 것처럼 보이기도 했다.

개자식.

소년은 흠칫 놀라 오른쪽을 바라보았다.

소년의 오른쪽엔 엄마가, 왼쪽엔 아빠가 앉아 있었다. 욕설이 들려온 게 왼쪽이 아니라는 사실에 소년은 침을 삼켰다. 아빠의 욕설은 익숙했다. 소년의 아빠는 운전할 때나 야구 경기를 관람할 때, 뉴스를 볼 때 추임새를 넣 듯 거친 말을 쏟아내곤 했다. 제한속도를 과도하게 잘 지키는 운전자에게는 꼼꼼하게 성별을 따져 욕했고, 실수를 연발하는 운동선수에게는 신체 부위를 골라 비난을 퍼부었다. 엄마는 그러지 않았다. 소년의 엄마는 말을 함부로 하는 사람이 아니었다. 부득이하게 누군가와 말다툼을 해야 할 때에도 꼬박꼬박 경어를 썼고, 아무도 듣지 않는 곳이라 해서 아무 말이나 내뱉는 버릇도 없었다. 말마디를 정확히 구분해 한 글자씩 신중하게 발음하는 엄마의 화법을 소년은 지루하게도 자랑스럽게도 여겨왔다.

그러나 지금 소년의 오른쪽에 앉아 최선을 다해 남자를 노려보고 있는 엄마는 어떻게 이해해보려 해도 낯설었다. 소년의 부모는 거울 속에 삼켜진 것처럼 정반대의 모습을 보이고 있었다. 소년의 아빠는 너무 오래 생각하느라 머릿속의 단어가 모두 녹아버린 사람 같았다. 소년의 엄마는 혀 위에 단어를 올려놓기 무섭게 밖으로 뱉어버렸다. 재판이 진행되는 내내 소년의 엄마는, 운전대를 잡고 고속도로를 달리던 과거의 아빠처럼 수시로 분개하고 큰 소리로 헐떡였다. 남자의 변호사가 판사에게 정신감정 소견서를 제출하자, 소년의 엄마는 더이상 참지 못하고 자리에서 일어나 외쳤다.

　아닙니다, 판사님. 저건 개자식이에요. 미친놈이 아니라 개자식입니다, 판사님!

　소년의 아빠는 엄마를 말리는 대신 소년의 손을 꽉 쥐었다.

　소년은 재판이 진행되는 내내 머리를 숙이고 있었다. 간혹 얼굴을 들어올렸다가도 누가 볼세라 무릎 사이로 머리를 처박았다. 도드라진 날갯죽지가 소년을 앙상하고 깨지기 쉬운 무엇으로 보이게끔 만들었다. 그건 뒷자리에 고모와 나란히 앉은 누나 역시 마찬가지였다. 소년의 누나는 배를 심하게 앓는 사람처럼 마른 수수깡 같은 몸을 구부리고 있었다. 고모가 상체를 흔들 때마다 소년의 누나가 구깃구깃 쪼그라들었다. 소년의 엄마처럼 고모 역시 사나운 얼굴이었다. 소년이 이해하지 못할 말들과 소년의 누나가 들어서는 안 될 말들이 난무했으나 누구 하나 이들의 귀를 막아주지 않았다.

한 가지……

변론과 반론이 거듭되던 어느 시점이었다. 남자가 천천히 입을 뗐다.

기억나는 게, 한 가지……

어느새 자리를 옮긴 남자가 방청석에 등을 보이고 앉아 있었다. 완만하게 구부러진 어깨와 누런 목덜미가 방청석에 앉은 여느 사람들처럼 평범했다. 윗집에 사는 칠십대 노부부를 과도로 스물세 차례나 찔러 살해한 범인이라는 흔적은 어디에도 없었다. 남자는 손을 씻고 머리를 감고 옷을 갈아입은 것만으로 그날과 멀어졌다. 손톱과 수염을 깎고 붕대를 싸매는 것만으로 새날을 맞이했다. 불리한 기억은 모조리 그늘 아래 쑤셔넣었으므로, 사물에 새겨진 기억이 남자의 것보다 훨씬 선명하고 날카로웠다. 때문에 재판은 사물의 흔적을 더듬어 남자의 행적을 짜맞추는 식으로 진행되었다.

남자는 7월 16일 오후 일곱시경, 자신의 집에서 나와 비상계단을 타고 위층으로 올라갔다. 초인종을 누를 때까지 남자는 경고의 말을 하고 싶었을 뿐 위해를 가할 생각은 없었다고 진술했다. (이후 남자는 '경고'에서 '부탁'으로 말을 바꾸었다가 진술을 번복해 기억이 안 난다는 입장을 고수했다.) 윗집 노부부는 의심 없이 현관문을 열었다. (평소 왕래가 있었느냐는 질문에 남자는 '아랫집입니다'라고만 했을 뿐인데 문이 열렸노라고 답변했다. 이 부분의 진술은 번복하지 않았다.) 남자는 노부부를 거칠게 밀어붙이며 집안으로 들어갔다. 떠밀린 노인이 거실에 넘어졌다. 넘어지지 않은 노인은 주방으로 도망쳤다. 노부부의 집 구조가 남자의 집과 똑같았으므로, 남자는 머뭇대는 일 없이 노인을 쫓았다. 보폭이 넓고 힘찬 발자국이 거실 바닥에 찍혀 남자의 동선을 증명했다. 싱크대 안쪽에 걸려 있던 과도를 꺼낸 사람은 노인이었으나 그것에 찔린 사람 역시 노인이었다. 노인은 목에 중상을 입은 채 쓰러졌다. 다음부터 이어지는 남자의 발자국에는 피가 흥건했다. 남자는 과도를 움켜쥐고 거실로 가, 경찰에 신고중인 또다른 노인을 스물두 차례 찔렀다. 남자의 움직임은 여기서 급격히 산만해졌다. 첫번째 살인이 날렵하고 정확하게 이루어진 데 비해 두번째 살인은 엉성하기 그지없었다. 다른 인격을 덮어쓴 것처럼 남자는 돌연 서툰 행동으로 노인을 공격했다. 급소를 전부 빗맞혔고 여러 차례 칼을 놓쳤다. 노인의 늑골에 걸린 칼끝이 이 밀리미터가량 부러졌다. 체액에 젖은 칼 손잡이가 남자의 손에서 미끄러졌다. 중지와 검지가 칼날에 찢어지고 엄지손가락은 골절됐다. 마침 노부부의 집에 동치미를 가지러 왔던 며느리가 현장을 목격했다. 단 한 차례 목을 찔렸을 뿐인 노인은 그 자리에서 죽었다. 스물두 곳이나 자상을 입은 노인은 세 차례의 수술 후 일주일을 버티다 죽었다.

소년은 이 모든 걸 재판정에서 들었다. 잔혹한 내용에

고통스러워하느라 소년의 부모는 소년과 소년의 누나를 법정에서 내보낼 타이밍을 놓쳤다. 검사가 들끓는 목소리로 '잔악무도하고' '파렴치하며' '비인간적인' '엽기적' 행위임을 강조할 때마다 어린 남매는 몸을 떨었다.

검사는 사건 개요를 설명하는 데 수십 장의 현장 사진을 활용했다. 이천사백만 화소에 광각렌즈로 촬영된 죽음은 지나치게 정교해서, 남매가 굳이 목격하지 않아도 좋을 부분까지 친절하게 복원해냈다. 소년은 문이 활짝 열린 채 기울어진 싱크대 서랍장과 그 안에 차곡차곡 정돈된 냄비와 프라이팬을 보았다. 사과식초와 간장, 용도를 알 수 없는 유리 뚜껑, 찬장 벽에 기대 세워진 강판 두 개와 밀대. 사물은 친근했으나 그 위에 끼얹어진 죽음은 기이하고 낯설었다.

너무 시끄러워서.

남자가 말했다.

시끄러워서 도무지 견딜 수가 없었다는 게…… 그게, 기억납니다. 그애들이, 쿵쿵대고 뛰어다니고 쇠공 같은 걸 집어던지고, 종일 제 머리통을 밟고 다니는 것처럼 소리가, 도무지 견딜 수가 없어서 아아 정말…… 죽여버릴까 하고…… 그랬습니다. 그애들만, 그 소리만 아니었어도 저는……

벌떡 일어나려는 엄마를 소년의 아빠가 저지했다. 재빨리 뻗어나온 긴 팔이 소년을 가로질러 소년의 엄마를 눌러 앉혔다. 짓누른 손이나 짓눌린 손이나 같은 정도로 차가웠다.

소년은 순간적으로 팽개쳐진 자신의 손을 바라보았다. 손톱과 손톱 밑 살점이 한계에 다다를 때까지 뜯겨 있는 손이었다. 물어뜯은 흔적 그대로 곪거나 붓거나 검게 죽은 손끝이 남의 것처럼 생소했다. 재판정에 오기 전까지 소년의 손은 열 손가락 모두 반창고로 감겨 있었다. 소년의 엄마는 소년을 꾸짖는 기색도 없이 약을 바르고 반창고를 감아주었다. 이제 그러면 안 돼. 나직이 말해놓고 소년의 엄마는 바닥을 오래 내려다보았다. 반창고 포장지와 소독약과 면봉 같은 것들이 어지러이 널려 있었다. 소년의 엄마가 말없이 방으로 들어갔다. 소년은 반창고가 떨어지지 않게 조심하며 끝이 뭉툭한 가위와 소독약을 구급상자에 챙겨넣었다.

피가 흐리게 밴 반창고는 지금, 방청석 바닥에 엉망으

로 버려져 있었다. 소년은 재판정에 있는 남자와 마주친 뒤, 정확히는 남자의 손에 감긴 붕대를 발견한 뒤 반창고를 죄다 풀어버렸다. 살점이 떨어져나간 부위에서 진물이 솟았다. 그애들. 소년이 속삭였다. 그애들, 그애들만 아니었다면.

소년은 그들이 누구를 뜻하는지 알고 있었다. 시끄럽게 뛰어다니고 쿵쿵대며 쇠공을 집어던졌다는 애들, 칠십대 노부부를 죽음에 이르게 만든 그애들이 누구인지. 알 수밖에 없었다. 노부부의 장례식장에서, 학교에서, 길거리 상점에서 마주친 모든 사람들이 소년에게 알려주었다. 사람들은 경이로울 만큼 상냥한 태도로 그애들의 등을 쓰다듬었다. 상점가를 걸어가면 갓 튀긴 핫도그나 아이스크림 같은 걸 그애들 손에 쥐여주었다. 학교 복도에서 마주친 선생님은 자애로운 표정으로 고개를 끄덕였다. 어른들처럼 능숙하지 못한 아이들은 차라리 입을 다물었다.

아니야.

그애들의 친구들은 자주 머리를 흔들며 말했다.

아무것도 아니야, 엄마가 말하지 말랬어.

소년은 동그랗게 몸을 말았다. 숨겨지지 않는 팔다리를 가슴 쪽으로 힘껏 끌어당겼다. 몸통이 가늘고 다리가 많은 벌레가 파고드는 것처럼 손톱 밑이 간지럽고 쓰라렸다. 소년은 손가락 끝을 청바지의 거친 면에 문질렀다. 더이상 물어뜯을 수도, 내버려둘 수도 없는 손가락을 여기저기 문질러대는 것만이 지금 소년이 할 수 있는 일의 전부였다.

*

어머님이 해주시는 밥은 참 맛있어요.

소년의 엄마는 자주 그렇게 말했다.

어딜 다녀봐도 어머님이 하신 게무침만큼 간이 똑떨어지는 게 없어요.

그게 뭐라고 호들갑은.

저는 암만해도 간이 안 맞아요. 양념 쓰임새도 모르겠고.

그거는 익혀야지. 양념이, 빠짐없이 제 곳에 쓰여야 맛이 나는 거지.

그럼요, 어머님. 뭐든 쓰일 곳이 딱 정해져 있더라고요.

아무렴.

그러니까요, 어머님.

그래.

이제 그러지 마세요. 그러시면 안 돼요.

소년의 조모가 게무침 그릇을 자신의 앞으로 끌어갔다. 속이 꽉 찬 게 몸통을 골라 손가락으로 눌러 살을 짜내고, 그 살들을 밥그릇마다 부지런히 날랐다. 소년의 밥그릇과 소년의 누나 밥그릇과 소년의 엄마 밥그릇까지 빠짐없이. 소년의 엄마는 잘 발라진 게살을 양념을 떠다 싹싹 비벼 먹으며 어머님 또요, 또 주세요 어머님, 했다.

아범은 이 맛있는 걸 못 먹어요, 맨날 일만 하느라.

너도 할일이 있을 텐데 주말마다 오느라 애쓰지 않아도 된다.

싫어요, 어머님. 여기 아님 제가 어디서 밥을 먹나요.

애들 데리고 오가기도 힘들 텐데.

애들은 여기서 노는 걸 더 좋아해요. 그보다 꼬막을 사러 나갈까요? 아범이 요즘 입맛 없다고 밥을 통 안 먹어요. 그럴 땐 어머님 꼬막무침이 최고거든요.

어느새 밥그릇을 비웠는지 소년의 엄마가 그릇을 챙겨 일어났다. 상에 수북이 쌓인, 쭉정이만 남은 게 껍데기를 정리하는 손이 재빨랐다. 소년은 바쁘게 움직이는 엄마를 바라보았다. 조부모의 집에만 오면 엄마는 말이 많아지고 어리광이 심해지고 움직임이 커졌다. 조모를 졸졸 따라다니며 굴전이나 오이소박이가 먹고 싶다고 졸랐고 조모가 하는 일마다 어이구 어이구 치켜세우기 바빴다. 어머나, 저 화분걸이를 어머님이 만드신 거예요? 저도 하나 만들어주세요. 물통 손잡이에 이게 뭐예요? 레이스 뜨기로 이런 걸 다 만들 수 있어요? 저도요, 저도 주세요. 소년의 집에는 화분이 없었다. 직수정수기를 설치해두었으므로 물통을 쓸 일도 없었다. 그럼에도 소년의 엄마는 조모가 한 모든 것에 감탄하고 일일이 탐을 냈다.

엄마가 엄마가 아닌 것 같아. 조모에게 딱 붙어 있는 엄마를 가리키며 소년의 누나가 속삭였다. 엄마가, 어린 애가 된 것 같아. 먹고 싶은 거 해달라고 떼쓰고 보채고. 이상하지? 그치? 소년은 고개를 끄덕였다.

사실 소년의 눈에는 안방에 앉아 손바닥만한 책을 들

여다보며 종일 혼자 바둑을 두는 조부가 더 이상해 보였다. 조부는 숨도 아껴 쉬며 바둑판을 채워넣다가 어느 순간 흑돌을 내려놓고는 아아, 깊게 탄성을 내질렀다. 그렇지, 그렇지, 홀로 추임새를 넣으며 손에 쥔 돌들을 왈각거리기도 했다. 할아버지도 이상하지 않아? 소년이 묻자 소년의 누나는 너도 게임할 때 저래, 하고 톡 내뱉었다.

그러면 안 되는 거랬잖아.

뭐가?

엄마가, 다른 사람 귀찮게 하면 안 되는 거라고 그랬잖아.

꼬막무침과 깻잎을 잔뜩 싸들고 집으로 돌아가는 길에 소년의 누나가 엄마에게 말했다. 말하고 싶은 것을 참느라 여러 번 움켜쥔 치맛단이 꼬깃꼬깃해져 있었다.

스스로 할 수 있는 건 다른 사람한테 해달라고 하면 안 돼, 엄마. 엄마도 밥할 줄 알잖아. 할머니 피곤해. 귀찮게 하면 안 돼.

귀찮게 해도 돼, 할머니는.

왜?

할머니는 자꾸 귀찮게 해드려야 해. 자꾸 뭘 해달라고 하고, 어디든 같이 가자고 해야 해. 그래야 할머니가 우울해지질 않아.

할머니 우울해?

할머니는 자기가 세상에서 제일 쓸모없는 존재라고 생각하셔. 그게 뭐냐면, 할머니가, 아무도 자기를 필요로 하지 않는다고 생각하는 거야. 할머니는 아주 오랫동안 일을 해오셨잖아? 그런데 작년에 갑자기 그만두시곤 혼자 쓸쓸한 생각을 너무 많이 하셨어. 일을 할 수 없게 된 걸 보니 나는 아무짝에도 쓸모가 없나봐, 이런 식으로 말이야. 우리가 자꾸 알려드려야 해. 할머니가 얼마나 소중한 사람인지, 할머니밖에 할 수 없는 일이 얼마나 많은지. 자꾸 알려드려야 저번 같은 일이 안 생겨.

저번?

……그런 게 있어.

구급차?

누나와 엄마의 대화를 잠자코 듣고 있던 소년이 끼어들었다. 소년의 엄마 얼굴이 험악해졌다.

한낮의 구급차 소동은 소년의 누나가 모르는 것이었

다. 소년은 학교 수업이 오후 한시에 끝났고, 소년의 누나는 방과후 학습과 영어학원까지 마친 뒤 오후 다섯시에나 집에 돌아왔다. 소년은 전화를 받은 엄마의 얼굴이 지점토를 마구 치댔을 때처럼 뭉개지는 걸 혼자 목격했다. 그럼 지금 구급차 타고 가는 길이세요? 아버님, 진정하시고, 어느 병원으로 가는지를 물어보세요. 제가 당장 그리로 갈게요. 소년이 들은 말은 그게 전부였다.

소년은 동네 놀이방에 맡겨져 자신보다 훨씬 어린 아이들이 주먹만한 블록을 빨거나 목적 없이 바닥을 뒹구는 걸 구경했다. 간식으로 계란 과자와 요구르트를 먹고, 장면을 거의 외우다시피 한 애니메이션을 다섯 편쯤 볼 때까지 엄마는 돌아오지 않았다.

이건 비밀이야. 해가 완전히 기운 뒤에야 놀이방에 도착한 엄마가 소년에게 점퍼를 입히며 말했다. 아빠한테도 누나한테도 비밀이야, 알았지? 소년은 비밀을 지켰다.

날이 더워지기 시작하자 조부모는 웬만해선 잘 움직이지 않았다. 겨드랑과 종아리가 훤히 드러나는 모시옷을 입고 느릿느릿 집안을 오갔다. 조부는 에어컨이 설치된 거실로 바둑판을 옮겨왔다. 기보책 아랫부분이 손에 쥐었던 모양 그대로 땀에 젖어 우그러들었다. 실내 온도는 늘 이십오 도로 맞춰져 있었으나 달궈진 유리창으로 가차없이 내리꽂히는 햇빛 때문에 금세 땀이 솟았다. 조부와 조모 중 어느 한쪽이 보이지 않아 방으로 들어가보면 대나무 자리 위에 반듯하게 누워 코를 골고 있었다. 조부모는 교대하듯 잠들었다 깨기를 반복했다. 소년과 소년의 누나는 엄마가 당부한 대로 조모를 살폈다.

할머니는 자고 있어.

소년의 엄마가 전화를 걸어 물을 때마다 남매는 성실히 대답했다.

할아버지는 땀이 아주 많이 났어.

할머니는 언제부터 주무셔?

아까, 한 시간 전쯤부터.

그럼 가서, 할머니 손바닥 간질여봐.

손바닥? 왜?

아무튼. 얼른 가서 해봐. 간질였는데 안 움직이면 살짝 꼬집어도 돼. 할머니가 주먹을 쥐거나 손가락을 움직이면 괜찮은 거야. 발바닥도 괜찮아. 얼른 가서 해.

남매는 조모 손바닥을 이쑤시개로 콕콕 찍었다. 왜 그러냐? 조모가 잠이 깨어 물으면 배가 고프다거나 심심하다는 이유를 댔다. 그러면 조모는 양푼에 밀가루를 담아 남매에게 건네주었다. 소년이 밀가루를 주무르는 동안 소년의 누나가 약간의 소금과 물과 계란을 양푼에 넣었다. 반죽이 어느 정도 뭉쳐지면 조모가 밀대로 넓게 밀어 착착 접은 뒤, 비스듬히 누인 칼날로 썰어냈다. 칼국수 면은 때론 푸석푸석하고 때론 딱딱했다.

남매가 나란히 강판을 앞에 두고 앉을 때도 있었다. 조모는 강판 두 개와 감자 두 알을 내준 뒤 분주히 움직였다. 감자전을 부쳐주기 위해서였다. 소년과 소년의 누나는 동글동글 미끄러지는 감자를 움켜쥐다시피 해 강판에 갈았다. 손을 다칠까봐 절반까지만 갈 수 있었다. 소년의 누나는 반듯하게 갈린 자신의 감자와 사선으로 길어진 소년의 감자를 나란히 세워두고 웃었다. 흰 종지에 간장을 따르는 건 소년의 몫이었고 그 위에 식초를 딱 세 방울 떨어뜨리는 건 누나의 몫이었다.

여름이 되면서 소년의 아빠가 운영하는 가전 센터는 눈코 뜰 새 없이 바빠졌다. 소년의 아빠가 에어컨을 설치하러 다니는 사이 엄마가 센터를 지켰다. 조부모의 집에는 소년과 소년의 누나만 남겨지는 경우가 많았다. 한가롭고 평온했으나 지루한 날들이었다. 남매는 텔레비전을 보고 가져온 만화책을 읽고 아이스크림 막대를 집요하게 씹으며 뒹굴거렸다.

일요일이 우유통에 빠진 기분이야. 그것도 흰 우유. 아무것도 안 탄.

동물원 가고 싶어. 호랑이가 짖는 거 볼래.

호랑이는 우는 거야. 어흥 하고.

그럼, 우는 거 볼래.

동물원 호랑이는 안 울어, 바보야. 갇혀 있잖아.

갇혀 있으면 안 울어?

안 울어. 우리도 안 울잖아.

소년의 누나가 시큰둥한 목소리를 냈다.

조부모의 집에서 할 수 있는 일이란 소소한 것들뿐이었다. 손가락 축구나 실뜨기, 빙고 게임처럼 하기 전과 하고 난 후의 온도 차가 크지 않은 놀이, 거듭할수록 무료함이 배가되는 놀이들이었다. 뭘 하지. 뭘 할까. 뭘 하고 싶은데? 글쎄. 하릴없는 질문들이 오갔다. 오늘은 뭘 하고 놀지. 소년이 묻자 소파에 배를 딱 붙이고 있던 소년의 누나가 몸을 일으켰다.

도도두두 놀이를 하자.

그게 뭔데?

도도두두. 술래잡기 놀이.

소년의 누나가 재빨리 덧붙였다.

도망치는 사람이 도도, 따라잡는 사람이 두두야.

놀이의 규칙은 간단했다. 도망치는 사람은 도도도도, 앞꿈치만으로 땅을 디뎌 도망친다. 뒤쫓는 사람은 두두두두, 뒤꿈치만으로 땅을 디뎌 쫓아간다.

이건 사실 무시무시한 놀이야. 저주받았거든.

저주?

그래, 저주. 이건 무려 육십육 년 전부터 유행했던 놀이인데, 지금까지 이 놀이를 하고 다리가 부러진 사람이 무려 육백 명이 넘는대. 학교에서 도도두두를 하면 선생님한테 끌려가서 엄청나게 혼나거든. 그게 다 저주 때문이야.

학교에선 원래 술래잡기하면 안 돼.

그게 아냐, 바보야. 우리 학교에도 몰래 하다가 저주받은 사람이 있어서 그래. 이건 비밀인데, 도도를 했던 오학년 언니 발가락이 일곱 개나 부러졌대. 화장실도 못 가서 병원에 석 달이나 입원해 있었는데도 아직까지 절뚝거리면서 걷는대. 뛰는 건 절대 못하고 피구랑 뜀틀도 당연히 금지. 더 무시무시한 건, 두두를 했던 사람이야. 두두를 육십육 번 하게 되면 틀림없이 인대인가 그게 끊어진대. 그러면 아예 걸어다닐 수가 없다는 거야. 병원에 몇 년을 있어도 안 낫는대. 무섭지?

하나도 안 무서운데.

그래? 그럼 해봐. 저주받아서 발가락이 전부 부러져도 난 몰라.

소년의 누나가 도도도도 도망쳤다.

소년이 두두두두 쫓았다.

소년의 누나가 두두두두 쫓아오면 소년은 누군가에게 발뒤꿈치를 베어먹힌 것처럼 종아리에 바짝 힘을 주고 달아났다. 도도는 쉽게 고꾸라졌고 두두는 수시로 엉덩방아를 찧었다. 술래잡기일 뿐인데 저주라는 단어 때문인지 묘한 긴장감이 돌았다. 소년과 소년의 누나는 경쟁하듯 달리고 바닥을 뒹굴었다. 한참을 놀다보면 발바

닥의 움푹 파인 곳이 쩌릿거리며 아팠다. 남매는 발을 주
무르고, 서로의 땀냄새와 발냄새를 조물거린 손바닥으로
서로를 위협하고 쫓고 도망쳤다. 그러다 문득 멈춰 서서
이마를 맞대고는, 곧 저주받게 될 거야, 은밀하게 서로에
게 속삭였다.

애들이 너를 닮았다.

조모는 저녁이 되어서야 남매를 데리러 온 소년의 엄
마에게 말했다.

구김살 하나 없이 밝고 건강하고 활기차고. 애들 노는
걸 보고 있으면 내가 다 신이 난다.

조부모 집에 들어서자마자 에어컨 필터를 점검하고 있
던 소년의 아빠가 옆에 서서 에어컨 내부를 들여다보고
있는 소년의 머리통을 쓰다듬었다.

어머님이랑 아버님이 돌봐주셔서 그래요. 두 분 안 계
시면 저희가 어떻게 마음 편히 일을 나갈 수 있겠어요.

소년의 엄마가 누나의 머리통을 쓰다듬다 흠칫 놀랐다.

에어컨 진짜 고장났나봐, 애 머리가 땀으로 흠뻑 젖었어.

소년의 아빠는 아닌데, 괜찮은데, 하며 에어컨을 다시
만졌다. 소년은 길게 뻗은 아빠의 팔 밑으로 비집고 들어

가 아빠와 마주섰다. 따뜻한 숨이 정수리에 쏟아졌다. 담배 냄새와 청양고추 냄새가 희미하게 배어 있는 숨이었다. 그것은 잘 움직이지 않고 금세 우울해지는 조부모의 숨과 달리 힘차고 친밀했다.

조부모의 집은 차분했으나 수시로 적막과 연결되었다. 회색 페인트가 두껍게 덧칠된 것 같은, 굳고 강건한 형태의 침묵이었다. 소년의 조모는 태엽 풀린 인형처럼 수시로 느려지다 우뚝 멈췄다. 텅 빈 냄비 안을 질리지도 않고 몇십 분씩 들여다보거나, 욕조에 물을 가득 받아놓고 마냥 서 있기도 했다. 물놀이를 해도 되나요? 소년의 누나가 물으면 그제야 뒷걸음질치며 고개를 끄덕였다. 그럼. 조모는 안도한 듯도, 아쉬운 듯도 한 목소리로 대답했다. 그럼, 되고말고.

소년과 소년의 누나는 미지근해진 물을 서로의 몸에 끼얹으며 놀았다. 욕실에서 나올 때는 마개를 뽑아 모든 물을 흘려버렸다. 아예 욕조 마개를 숨겨버린 일도 있었다.

조모는 베란다에 놓인 화분에서 화초 뿌리가 드러날 때까지 흙을 파냈다. 깨진 그릇이나 계란 껍데기 같은 걸 신발장 가득 쟁여두기도 했다. 남매가 너무 작아진 연필과 다 쓴 스케치북 같은 걸 버리려고 하면 예민하게 반응했다. 그래서, 이젠 쓸모가 없어졌다는 거야? 실컷 부려먹고 이제 와서? 조모가 소리칠 때마다 소년과 소년의 누나는 숨을 참았다. 조모가 대나무 자리 위에서 코를 골기 시작할 즈음에야 서로의 가슴팍을 두드려 숨을 깨웠다. 무슨 일이 벌어지든 조부는 바둑돌을 쥔 채 꿈쩍도 하지 않았다.

소년은 에어컨 필터를 뜯어내는 아빠 품으로 몸을 밀어붙였다. 가슴께에 귀를 붙이고 옆구리를 끌어안았다. 필터를 청소하는 손길이 눈에 띄게 느려졌으나 소년의 아빠는 소년을 밀쳐내지 않았다. 소년은 아빠의 작업복에 뺨을 붙인 채 주방을 살폈다. 말끔한 차림새의 조모가 저녁식사 준비를 하고 있었다. 흐트러진 머리칼도 형형한 눈빛도 꽉 쥔 주먹도 거기엔 없었다. 종일 쫓고 쫓긴 발바닥에 열이 올랐다. 누나도 마찬가지인지 엄마에게 몸을 바짝 붙인 채 발가락을 꼼지락대고 있었다.

오늘도 잘, 했니?

소년의 엄마가 몰래 물었다. 소년의 누나는 가자미에 간장을 끼얹고 있는 조모를 보았다. 에어컨 냉매 가스를 확인하러 베란다로 나간 아빠와 그 옆에 쪼그려앉은 소년도 보았다.

술래잡기는 이제 지겨워.

그런 거 말고 할머니 말이야. 오늘 괜찮으셨어?

할머니는 도도야.

그게 뭔데?

우리는 두두. 그런데 엄마.

소년의 누나가 옷자락 솔기를 매만졌다. 단단하게 감침질된 단 끝이 매만질 때마다 조금씩 느슨해졌다.

그건 사실 무시무시한 놀이야. 두두를 육십육 번 하게 되면……

그래그래, 재미있게 놀았네. 아무튼 내일도 할머니 잘 지켜드려야 해. 엄만 너희만 믿을게.

소년이 누나를 돌아보았다. 조모가 가자미찜과 무조림을 넓은 그릇에 옮겨 담았다. 실외기까지 점검을 마친 소년의 아빠가 거실로 돌아왔다. 바둑판을 물끄러미 들여다보던 아빠가 돌 하나를 옮겨놓자 조부가 아아, 하고 탄성을 자아냈다. 명이나물 장아찌를 돌돌 말아 입에 넣은 소년의 엄마는 이제 막 호들갑을 시작하려는 참이었다.

소년의 누나는 입을 다물었다. 빠져나온 실을 힘주어 잡아당기자 단 끝이 순식간에 풀렸다. 얇은 천의 솔기까지 일직선으로 터져나가는 데는 몇 초도 걸리지 않았다.

이제는 쓸모없어진 실 가닥이 손안에 있었다. 소년의 누나는 그것을 이리저리 살폈다. 옷의 형체를 잡아주고 있던 것이라 하기에 한 줄의 실은 지나치게 가늘고 흐늘흐늘했다. 이런 거였구나, 고작. 소년의 누나는 소년에게 그것을 건넸다. 소년은 실을 돌돌 말아 쓰레기통에 버렸다.

*

그애들. 소년이 속삭였다. 그애들, 그애들만 아니었다면.

가슴속에 펼쳐져 있던 우산살 같은 것이 가차없이 부러져나갔다. 소년은 살갗이 벌어져 다시금 피가 스며나오기 시작하는 손가락을 허벅지에 문질렀다. 청바지에 흐린 핏자국이 남았다. 저주를 받게 될 거야. 소년과 소년의 누나 목소리가 되돌아오고 있었다. 이건 사실 무시무시한 놀이야. 저주받았거든. 우리도 곧, 저주받게 될 거야.

　소년은 도도와 두두의 횟수를 헤아려보았다. 어느 쪽
도 기억나지 않았다. 누나는 육십육 번이라고 했지만, 그
보다 훨씬 많이 해버리면 저주가 다른 사람들까지 삼켜
버리는지도 몰랐다. 소년은 사실 매번, 매 순간 두려웠
다. 도도를 쫓을 때마다 두려웠다. 두두에게 쫓길 때마다
배꼽 근처가 꽉 조여질 만큼 두려웠다. 달리다가 고꾸라
졌을 때, 쥐가 난 다리에 감각이 사라졌을 때, 두번째 세
번째 발가락이 서로 다른 방향으로 꺾어졌을 때도 전부
두려웠다. 무서웠다.

　그렇지만.

　소년은 고목처럼 딱딱하던 조모의 발가락을 떠올렸다.
그 어떤 두려움의 순간도 조모의 발바닥을 간질인 뒤 반
응을 기다릴 때만큼 숨막히진 않았다. 욕조 가득 담긴 물
을 응시하고 있는 조모의 눈동자만큼 공포스럽진 않았
다. 흙이 잔뜩 묻은 손으로 뺨을 문지르며 베란다 너머
까마득한 허공을 바라보는 조모의 뒷모습만큼 끔찍하진
않았다.

　조모는 남매 중 누구의 동의도 없이 수시로 도도가 되

어 놀이에 끼어들었다. 발가락으로 위태위태하게 서서, 언제든 고꾸라질 준비가 되어 있는 도도. 소년과 소년의 누나는 필사적으로 도도를 붙들었다. 놀이를 시작했든 아니든 상관없었다. 조부모의 집에 머무는 내내 남매는 매분 매초 두두였다. 그러니 남매가 두두 역할을 맡은 횟수는 자신들이 헤아리는 것보다 훨씬 더 많을 수밖에 없었다.

거짓말! 다 거짓말이야!

소년의 고모가 분개한 목소리로 외쳤다. 소년의 부모가 자신들의 뒷자리, 소년의 누나와 고모가 함께 앉아 있는 자리를 향해 몸을 틀었다. 증언중인 남자를 제외한 대부분의 사람들이 같은 방향으로 시선을 돌렸다.

거긴 노인 둘이 사는 집이야. 관절이 안 좋아 잘 걷지도 못하는 노인네들이었다고! 애들이 종일 뛰어? 쇠공을 던져? 이애들이?

소년의 고모가 무언가를 와락 잡아끌었다.

팔죽지를 우악스레 움켜쥐고 일으킨 통에 소년의 누나는 다 쓴 케첩 통같이 찌그러져 있었다. 힘껏 쥐어짜내져

안에 아무것도 남지 않은 것처럼, 가늘고 허약한 팔다리가 고모가 흔드는 대로 나부꼈다. 목과 팔과 가슴이 탈각탈각 소리를 내며 서로를 밀쳐냈다. 애를 괴롭히지 말아요. 누군가 꽉 눌린 목소리를 냈다. 그애를, 놔줘요.

자, 똑바로 봐. 이렇게 비쩍 마른 애가 뭘 어떻게 했다고? 당신이 내 부모를 처참하게 살해할 만큼의 소리를, 고작 이런 애가, 이렇게 작은 애가 낼 수 있다는 거야?

그만둬요.

여진이 너, 뛰어봐.

고모가 소년의 누나를 거칠게 떠밀었다.

자, 저기까지, 저기 판사석까지 뛰어봐. 천둥소리가 나나 지진이 일어나나 직접 확인해보게. 뛰어! 뛰어보라고! 당장 뛰지 못해?

그만하란 말이야!

소년의 엄마가 고모에게서 누나를 빼앗아 안았다. 강마른 몸이 엄마의 팔에 채 담기지 못하고 밑으로 줄줄 흘러내렸다. 소년은 의자 등받이에 뺨을 기댄 채 주저앉은 누나를 바라보았다. 저주야. 소년의 누나가 입술을 달싹였다. 소년의 아빠가 의자를 뛰어넘어 누나를 부축했다.

고모는 여전히 격앙된 목소리로 무언가를 소리치고 있었다. 판사의 목소리와 발소리가 어지럽게 얽혔다. 소년의 부모는 그제야 남매를 끌어안고 재판정 밖으로 나갔다. 그러나 모든 것이 너무 늦어버린 뒤였다.

재판은 지지부진하게 이어졌다. 가해자와 피해자가 분명하고 사건의 인과관계가 명확했음에도 처벌 과정은 길고 지난했다. 남자는 계속 어딘가가 아프다며 서류를 제출했다. 환청과 환각, 심각한 불안 증세, 공황장애, 해리성 인격장애의 징후, 불면, 조현병의 전형적인 증세들, 양극성 장애의 가능성, 피해망상, 과민성대장증후군, 선택적 함묵증.

그러니까 어떤 증세도 확실한 게 없다는 거잖아.

거듭되는 병명들에 소년의 엄마가 날 선 목소리를 냈다.

일상생활이 불가능할 정도로 심각한 불안 증세라고? 이게 살인자가 할 소리야? 그럼 우리는, 우리 생활은 안정적이고 일상적이어서? 여기 휘말린 우리 애들은 어쩌고. 그 빌어먹을 현장을 직접 목격한 나는 지금 제정신일까봐?

누나 올 시간 됐어. 진정해.

진정하게 됐어? 당신 누나도 똑같아. 사람이 어쩜 그래? 자기 애 아니라고 재판정에서 그렇게 막무가내로……

그만하자.

소년의 아빠가 테이블 위에 검은 상자를 올려놓았다. 둔탁하면서도 공허한 소리가 울렸다. 소년은 검은 상자가 절반은 차고 절반은 비어 있다는 사실을 알고 있었다. 절반을 채운 건 앨범과 표창장, 이발사 자격증과 전역증처럼 낯선 물건들이었다. 도장이 하나도 찍히지 않은 낡은 여권과 패물, 오래된 수첩과 결혼식 사진도 있었다. 앨범에 정리하지 않고 고무줄로만 묶어놓은 사진 다발도 여남은 개나 되었다.

소년의 부모는 사설 청소업체에 전화를 걸어 조부모의 집 정리를 부탁했다. 범죄피해자 지원센터에서 해주는 경우가 있다고 들었으나 절차가 복잡하고 진행이 느렸다. 더디고 숨막히는 건 재판만으로 충분했다. 범죄현장 특수청소업체는 조부모의 집 물건을 모두 정리해서 버리고, 핏자국을 지우기 위해 마루와 벽지를 전부 뜯어내고,

집 전체를 꼼꼼히 소독한 뒤 유품 상자 하나를 만들어왔다. 그리고 그것이 지금, 테이블 위에 놓여 있었다.

소년의 부모는 유품을 나누기 위해 고모를 기다리고 있었다. 첫 재판을 방청한 이후로 남매가 고모를 만나는 것은 처음이었다. 소년의 누나는 아침부터 마른 덩굴처럼 단단히 비틀려 이불 속에서 나오지 않았다. 소년의 부모가 사진 다발을 꺼내 누나를 불러냈다. 소년과 소년의 누나가 지금보다 다섯 뼘쯤 더 작던 시절의 사진들이 상자 안에 가득했다.

소년의 부모는 남매에게 조부모 사진을 몇 장 고르게 했다. 이후 남는 것은 다 소각할 작정이었다. 누군가의 죽음을 받아들이는 것은 감정이 하는 일이 아니었다. 소각과 소거를 거듭해나가는 절차에서 체념하듯 얻어지는 무감각에 불과했다. 나아지는 것도 지워지는 것도 아닌, 다만 가려지는 것. 그나마 소년의 부모는 그조차도 하지 못한 채 재판에 매달리고 있었다.

소년과 소년의 누나는 대부분 빈집에 둘만 있었다. 이전과 같지도 다르지도 않은 생활이었다. 특별한 일과가 없다는 점은 이전과 같았다. 바둑판 앞에 앉아 손에 쥔 돌들을 왈각대는 조부와 뭔가를 굽거나 끓이거나 멈춰 있는 조모가 없다는 점은 이전과 달랐다. 소년의 누나는 방과후 학습과 학원을 그만두었다. 소년은 가을부터 다니기로 했던 태권도학원 등록을 뒤로 미뤘다. 앞으로 어떤 것들을 그만두고 어느 만큼 보류해야 할지 알 수 없었다. 소년의 부모는 자세한 설명 없이 나중에, 라고만 말했다. 나중에. 소년과 소년의 누나는 고개를 끄덕였다.

소년과 소년의 누나는 서로에게 몸을 기대고 앉아 아무 것도 하지 않았다. 한 명이 잠들면 다른 한 명이 손바닥이나 발바닥을 간질였다. 재판과 관계된 일로 부모는 바빴고, 아빠의 가전 센터는 석 달 넘게 문을 닫은 상태였다.

도도두두에 대해 소년은 한마디도 하지 않았다. 저주에 대해 소년의 누나 역시 말을 꺼내지 않았다. 차가운 우유에 시리얼을 말아 먹었고, 학교에 갈 땐 마스크를 착용했다. 미세먼지 때문이라고 소년의 부모는 말했으나 남매는 교실 안에서도 마스크를 벗지 않았다. 그를 지적하는 선생은 없었다. 학교가 끝나면 곧장 집으로 돌아왔다. 예전처럼 슈퍼에 들러 장난감이 들어 있는 계란 모양 초콜릿을 사 먹거나 문구점에서 카드를 고르는 데 시간을 쓰지 않았다. 적어도 '그애들'은 그러면 안 됐다. 안될 것만 같았다.

집에 돌아온 뒤에도 보이지 않는 마스크가 남매의 입을 눌러 막았다. 남매는 작은 목소리로 이야기하고 아주 조금씩만 음식을 먹었다. 소년은 몸을 낮추고 살금살금 걸었다. 소년의 누나는 거의 움직이지 않았다.

소년의 부모는 밤늦게 돌아와 지친 기색으로 돌아누워 잠을 잤다. 소년의 아빠는 소주를 한 병 마신 뒤 거실 소파에서 그대로 잠들기도 했다. 소년의 엄마는 식탁을 행주로 훔치거나 빨래를 널면서 중얼중얼 뭔가를 뇌까렸다. 터무니없이 무거운 침묵이 그들 주변을 맴돌았다. 소년과 소년의 누나는 박제처럼 방 귀퉁이에 놓였다. 그들은 더이상 움직이지 않았고 말하지 않았다. 그래야 했다.

소년의 누나는 새 학기가 시작된 뒤에도 학교에 가지 않았다. 침대 위에 도롱이벌레처럼 이불을 돌돌 감고 누워 한나절을 보냈다. 소년의 엄마가 누나에게 학교에 가지 않는 이유에 대해 물었다. 누나는 대답하지 않았다. 소년의 누나는 책을 읽고 그림을 그리고 텔레비전을 보고 종일 무언가를 끄적였다. 거실에 나올 때에도 이불을 안고 나와 팔다리가 삐져나오지 않도록 몸을 돌돌 싸맸다.

춥니?

소년의 엄마가 물었다.

아니. 그냥.

그냥?

허전해서.

소년의 엄마는 집을 나설 때마다 누나를 꼼꼼히 살폈다. 현관 쪽으로 소년을 가만히 불러내서는 손을 꽉 잡고 말했다. 누나를, 잘 살펴봐. 엄만 너만 믿을게. 소년은 슬그머니 손을 뺐다.

검은 상자가 집에 도착한 건 단풍이 한층 짙어질 무렵이었다. 능선을 타고 번지는 알록달록한 색들을 소년과 소년의 누나는 텔레비전 화면으로 봤다. 소년의 누나는 동그랗게 벌어진 이불 틈새로 얼굴을 반만 내놓고 있었다. 대관령이니 소백산이니 하는 이름들이 어쩐지 익숙했다. 조부모와 관련된 기억이 있는 듯해 소년이 물었다.

우리 저기 간 적 있어?

없어.

아닌데. 가본 거 같은데.

안 갔어. 가자고만 했지. 엄마가, 할아버지 관절 좋아지면, 할머니 기분 좋아지면 다 같이 놀러가자고 그랬어.

갔으면 좋았겠다.

갔어도 똑같았을 거야.

뭐가?

할머니도, 할아버지도.

할아버진 거기서도 바둑 뒀을까.

계곡 바위 같은 데서 두지 않았을까.

폭포 밑에서도 뒀을 거야. 이렇게, 이렇게 하고는.

소년이 양팔을 길게 폈다. 한 손엔 기보를, 다른 손엔 바둑돌을 든 것처럼 힘을 잔뜩 주어 손가락을 구부렸다. 손가락을 움직일 때마다 입으로 왈각왈각 바둑돌 부딪치는 소리를 냈다. 정말 그랬겠다. 소년의 누나가 작게 웃었다. 이불 속에 파묻힐 것처럼 희미한 웃음이었다.

웃는구나.

소년의 고모가 말했다.

웃는구나, 너희는.

소년의 고모가 소년을 물끄러미 바라보며 말했다.

웃기도 하는구나. 아주 잘, 웃네.

소년의 고모가 누나를 바라보며 말했다.

누나가 붙든 이불 끝이 부들부들 떨렸다. 어느 틈에 들어섰는지 거실 가장자리에 우뚝 선 고모는 가시가 수북하게 돋친 고슴도치 같았다. 어깨에 두른 검은 숄 때문에 몸집이 한층 더 거대해 보였다. 걸음을 뗄 때마다 검은 가시들이 후둑후둑 떨어졌다. 소년과 소년의 누나는 작게 몸을 옹송그리고 서로에게 몸 반쪽을 꼭 붙였다. 다가선 고모의 손이 누나의 뺨에 가닿았다. 소년은 어째서인지 제 뺨에 닿은 것처럼 그 손을 생생하게 느낄 수 있었다. 손이라기보다 차가운 뼈 같았고 표면이 거친 가시 같기도 했다. 갈고리 모양으로 험악하게 휘어 있는, 적어도 살아 있지 않은 무엇.

고모.

주방에서 나오던 소년의 엄마가 고모를 불렀다. 다급하고 초조한 목소리였다.

그애를 가만둬요. 저리 비켜요.

그러나 고모는 꿈쩍도 하지 않은 채 소년을, 소년의 누나를 들여다보았다. 소년의 배가 차게 식었다. 소년의 누나가 깔고 앉은 쿠션이, 이불 귀퉁이가 뜨겁게 젖기 시작했다. 왈각왈각, 소리와 함께 지린내가 솟았다.

정말,

소년의 고모가 입을 뗐다. 양손으로 누나의 뺨을 꽉 움켜쥔 채였다.

정말로, 너희들 때문이었니?

새까맣게 탄 뼛조각이 달각달각 밀려났다. 웃자란 뼈와 덜 자란 뼈가, 방향을 잃은 뼈와 도망치다 지레 부러진 뼈가 함부로 부딪는 소리. 작게 균열이 생기다가 점점 더 굵고 반듯한 금이 그어지더니 이내 겹쳐진 금들이 거대한 공동空洞으로 변해가는 소리를, 소년은 빠짐없이 듣고 있었다.

쟤들이 걔들이야. 바로 그애들.

상점가의 수군거림이 되살아났다.

그래도 그게 오죽했으면.

학교에서 본 미심쩍어하던 얼굴들이 일렁거렸다.

꼭 그렇지만은 않지 않나. 애들이란 게 아무래도.

남매의 뒤에서 모호하게 얼버무려지던 문장들이 한꺼번에 밀려들었다.

소년은 이제 알 수 있었다. 소년과 소년의 누나 안에서 어떤 세계가 완전히 막을 내렸음을. 희망이나 기적이나 오래오래 행복하게 살았습니다 같은 것들을 간직하고 있던 세계가 지금, 흔적도 없이 사라져버렸음을. 소년은 도도의 발가락과 두두의 발뒤꿈치를 간신히 바닥에 붙이고 섰다. 서서히 땅이 흔들리기 시작했다.

바로 그애들

집으로 갈게. 그렇게 말하자 누나는 주저하는 눈치였다. 개를 데리고 간다고는 말하지 않았다. 실내에 들어가면 개는 틀림없이 사물이 될 것이었다. 기껏해야 민둥머리를 휘젓거나 흑흑 우는 것밖에 하지 않을 테니 함께 가도 상관없을 것 같았다.

흙바닥에 내려놓았던 쇠줄을 집어들었다. 절그럭 소리에 맞춰 늙은 개가 일어섰다. 앙상한 다리들이 비틀대며 뒤엉키는가 싶더니 곧잘 걸어 내 옆까지 왔다. *엄살이 없는 개들은 더 유심히 봐야 해요. 표현하지 않는다고 고통이 없는 게 아니니까요.* 내가 바짓단을 정리하는 동안 개는 고요히 서서 기다렸다. 처음보다 훨씬 안정적인 자세였다. 긴 허리가, 마르고 긴 다리가 내 몸을 스쳤다. 개가 봉봉 머리를 휘젓자 산책하던 사람들이 개를 힐금거렸다. 언제 나타났는지 개 목덜미에 붙어 있던 얼룩이 침과 함께 튕겨나갔다. 바닥에 떨어진 얼룩을 개의 뒷다리가, 세번째 발가락이 없는 오른발이 지그시 밟았다.

개는 흙이 깔린 광장 중앙에서 콧김을 불고는 아지랑이처럼 일어나는 흙바람을 눈을 가늘게 뜨고 지켜보았다. 음수대로 가 수도꼭지를 핥았다. 사람들이 버리고 간 플라스틱 생수병을 앞발로 굴리고 적당한 크기의 돌을 찾아 입에 물었다. 비둘기가 다가오면 꼼짝도 하지 않았다. 간혹 작은 개들이 알록달록한 옷을 입고 산책을 나왔다. 작은 개들은 늙은 개 옆을 아무렇지 않게 지나쳤다. 마른 고목이나 울타리 같은 것을 지나치듯 무감하게. 개는 꼼짝 않고 있다가 비둘기와 작은 개들이 지나간 뒤에야 조심스럽게 바닥에 남은 냄새를 맡았다.

광장을 가로질러 큰길로 나가는 동안 나는 이상한 기분으로 개를 바라보았다. 움찔거리는 젖은 코를 슬쩍 만져보기도 했다. 원룸에 있을 때 개는 사물에 가까웠다. 화분이나 의자, 구형 청소기처럼 다만 정지해 있을 뿐이었다. 흑흑 울 때조차 마찬가지여서 먼지가 꽉 찬 청소기 필터가 꾸룩대는 만큼만 진동했다. 그런데 광장에서는 달랐다. 이곳에서 개는 정말 개 같았다. 늙은 개. 거동이 불편한 늙고 커다란 개. 말 그대로 그냥 개였다.

그림자가 조금씩 길어지고 있었다. 한낮인데도 연달아 이어지는 높은 담 때문에 그늘진 땅바닥이 축축했다. 개는 약간 고심하는 듯했다. 축축한 그림자와 바싹 마른 한낮의 도로가 번갈아 나올 때마다 작게 숨을 몰아쉬었다. 훅훅 숨을 토하다 겸연쩍어하는 것처럼 혀를 빼물기도 했다. 내가 사는 곳에서 누나의 집까지는 걸어서 사십 분정도 거리였다. 개가 있으니 더 걸릴 것이었다. 나는 개에게 맞춰 되도록 천천히 걸었다.

낯선 지형으로 접어들자 낯선 사람들이 판에 박힌 듯 익숙한 반응을 보였다. 과도한 동정이든 혐오 섞인 조롱이든 무례하기는 마찬가지였다. 굳이 다가와 내 얼굴을 유심히 들여다보거나 개의 머리를 쥐어박는 사람들. 나는 그들을 무시하고 걸었다. 개는 내 그림자를 따라 걸었다. 머리를 휘젓기 위해 가끔 다리를 멈췄다.

쇠줄을 절그럭거리며 개와 걷는 동안 누나의 집 크기를 가늠해보았다. 개는 정수리가 내 허벅지에 와닿을 만큼 컸다. 내 집과는 달리 누나의 집에는 부서지면 아쉬울 물건투성이였다. 화장실에 개를 가두는 것 정도는 가능할 것 같았다. 누나의 집은 꽤 컸고, 개가 뱅글뱅글 돌 수 있을 만큼 화장실 욕조와 세면대가 멀리 떨어져 있었다. 담벼락에 코를 박은 개가 킁킁댔다. 불규칙하게 금이 간 시멘트 담에서 뭔가 발견했는지 한참을 서성였다. 나는 개를 내버려두었다. 기껏해야 개미나 거미일 터였고, 그런 걸 먹는다고 개가 죽진 않았다. 개는 한참을 킁킁대다 비척비척 걸어왔다. 멀찍이서 애들 서넛이 병신 개다, 소리치며 뛰어왔다. 누나의 집에 도착할 때까지 그들은 집요하게 개의 뒤를 쫓았다.

누나는 개를 보고도 놀라지 않았다. 짖니? 그렇게 한마디 물었을 뿐이었다. 뺨이 붉게 달아올라 있었다. 내가 집안으로 한 걸음 내딛자 조심스럽게 다시 물었다. 뛰니?
나는 고개를 저었다.

　개는 좀처럼 발을 옮기지 않았다. 너무 넓은가봐. 내가
말했다. 누나의 집은 거실과 방 두 개와 화장실이 있었
다. 작은 주방에 이 인용 식탁을 놓을 수 있을 만큼 공간
에 여유가 있었다. 개는 머뭇거리던 자세 그대로 현관에
앉아 굳어졌다. 개가 우산꽂이가 된 걸 확인하고서야 나
는 쇠줄을 풀었다.
　—룸메이트 아직 못 구했지? 어떻게 할 거야?
　—글쎄.
　—혼자서는 이 집 월세 힘들잖아.
　—그렇지. 그래서 말인데.
　누나가 잠시 머뭇대다 말했다.
　—네가 들어와서 살지 않을래.
　나는 우산꽂이가 된 늙은 개를 바라보았다.
　나는 누나와 함께 살 수 없었다. 누나도 그것을 알고
있었다.

부모에게서 독립할 때 우리는 당연하다는 듯 따로 집을 알아보았다. 나는 교통이 편리한 곳에 위치한 원룸텔을 선택했다. 여기저기 파트타임 일을 다니는 내겐 그곳이 최선이었다. 지역 곳곳을 누비는 버스 노선이 있는 대신 원룸텔 벽이 습자지처럼 얇았다. 누군가 벽에다 못을 박으면 서른두 개의 방에 동일한 데시벨의 소리가 공평하게 울려퍼졌다. 사람들은 직접 따지러 가기보다 천장을 향해 조용히 좀 합시다! 소리쳤다. 그럼 그 소리 역시 서른두 개의 방에 공평하게 분배됐다. 내게는 그런 것이 중요했다. 익명 속에 숨어 있는 것. 누구나 용의자가 될 수 있는 세계에 남아 있는 것. 개가 흐느끼기 전까지 나는 익명의 소음 속에 안전히 숨어 지낼 수 있었다.

나와 달리 누나는 주거에 적합한 오피스텔을 골랐다. 낮은 산 아래 위치한, 벽이 단단하고 천장이 높은 건물이었다. 방음이 잘 되는 대신 월세가 비쌌다. 누나가 다니는 대학에서도 음악과 학생들이 주로 사는 곳이었다. 누나는 이사한 뒤 룸메이트를 구했다. 누나와 같은 과 학생이었던 룸메이트는 얼굴이 검고 체구가 작았다.

─특히 발이 작아.

그때 누나는 속삭이듯 내게 말했다.

—발이 작고 발바닥이 통통해. 고양이 발처럼. 고양이는 걷는 소리를 내지 않는다는 거 알고 있니?

고양이 발을 갖고 있던 누나의 룸메이트는 이사를 도우러 간 내게 웃으며 말했다. 룸메이트가 되고 싶다고 했더니 이 언니가 글쎄, 신발을 벗어보라는 거야. 엉뚱한 줄은 알고 있었지만 정말이지 그 정도였을 줄이야. 룸메이트 선택에 발바닥 면접이 있는 줄은 처음 알았네. 힘차게 웃던 누나의 룸메이트가 마지막으로 내게 한 말은 이런 것이었다. 네 누나는 정말 이상해.

—정말 조용하네. 이 개.

누나가 사과를 조각내 개 앞에 놓아주었다. 개가 기다란 주둥이를 들이대더니 어리둥절한 표정을 지었다. 수풀에 처음 코를 묻었을 때와 같은 표정이었다. 잿빛 혀가 슬그머니 빠져나와 사과를 핥았다.

누나는 원래 고양이 발바닥 같은 것에 관심이 없었다. 초등학교 시절 누나와 함께 집으로 돌아가던 길에 고양이와 마주친 일이 있었다. 고양이는 화단 그늘진 수풀 속에서 새를 뜯고 있었다. 먹을 마음은 없었는지 우리와 마주치자 입가에 수북한 깃털을 퉤 뱉고 달아났다. 버려진 새는 참새보다 작고 몸통 색이 어두웠다. 정수리 쪽에 주황색 깃털이 세 가닥쯤 달려 있었다.

누나는 새가 있는 화단으로 들어가 흙바닥에 쪼그려앉았다. 그러고는 땅을 파기 시작했다. 묻어주고 싶어. 나도 바짓단을 걷고 화단으로 따라 들어갔다. 굵은 나뭇가지로 땅을 한참 파낸 뒤에야 검고 축축한 흙이 나왔다. 이만큼이면 돼? 누나가 고개를 저었다.

—깊이 파야 해, 고양이가 파헤치지 않게.

발이 빠질 만큼 구멍이 깊어진 뒤에야 누나는 그 안에 새를 넣었다. 새 눈이 검게 열려 있어 무서웠다. 누나가 움직이는 방향으로 새 목이 휘릭휘릭 돌아갔다. 잔뜩 웅크린 발가락이 고통스러워 보였다. 누나가 뭔가를 찾으러 간 사이 나는 흙을 덮었다. 새를 보지 않으려고 발로 쓱쓱 밀어 덮었다. 꽉꽉 밟아 땅을 다졌다. 구멍을 다 메웠는데도 파헤친 흙이 주변에 덩어리져 있었다. 구덩이 안에 들어간 건 손바닥보다 작은 새인데 남은 흙이 너무 많았다.

　—비석이야.

　아이스크림 막대를 주워온 누나가 흙덩이들 사이에 그
것을 꽂았다.

　—비석은 돌로 만드는 거야.

　—나무여도 괜찮아.

　—할머니랑 할아버지 비석은 두 개 다 돌이었잖아.

　—할머니랑 할아버지 얘긴 하지 마!

　누나가 거친 목소리를 냈다.

　반듯하게 꽂힌 아이스크림 막대를 두고 누나와 나는
화단에서 나왔다. 운동화와 양말 안까지 파고든 검은 흙
을 털었다. 제자리 뛰기를 하자 소매와 머리칼 사이에서
도 흙이 떨어졌다. 나는 줄곧 뜀뛰기를 하며 집까지 갔
다. 누나는 소리 없이 내 뒤를 따라 걸었다.

　누나가 막대를 꽂은 곳은 사실 새 무덤이 아니었다. 그
것은 남은 흙덩어리, 제자리로 돌아가지 못해 그저 옆에
쌓여 있던 흙 무더기에 불과했다. 나는 그 얘기를 누나에
게 하지 않았다. 다음날 화단에 갔을 때 새 무덤은 전부

파헤쳐져 있었다. 누나가 막대를 꽂아둔 빈 흙덩이만 온전했다.

누나와 함께 있으면 그 시절이 떠올랐다. 어쩔 수 없이 언제나 틀림없이 과거에 붙들렸다. 추억으로 삼을 만한 그리운 기억이 없는 것도 아닌데, 누나와 함께 있을 때 떠오르는 것은 가장 고통스러운 기억의 정점이었다. 붉고 선명한 빛깔의 낙엽을 주워들었다가 뒷면에 빼곡히 퍼진 곰팡이와 맞닥뜨리게 되는 것처럼, 누나는 내게 있어 가장 친밀한 사람인 동시에 가장 잔혹했던 시절에 나를 묶어두는 사람이었다. 그것은 누나와 내가 함께 살 수 없는 이유이기도 했다.

그즈음 명확해진 것이 있었다. 개를 돌보는 동안 나는 일을 할 필요가 없었다. 남자의 돈을 쓰고 개를 끌고 나가 공원을 얼쩡대는 게 내게 주어진 일의 전부였다. 고민이라고 해봤자 개에게 줄 호박을 구울까 삶을까 정도였다. 그런데도 나는 줄곧 두려웠다. 매일이 불안하고 초조해 견딜 수 없었다.

내 주변은 온통 흘러넘치는 것투성이였다. 사람들의

시선과 근거 없는 비난은 물론 과도한 친절에 동정까지 모든 것이 차고 넘쳤다. 나는 더이상 침묵할 수 없었다. 다수 속에 숨어 있을 수도 없었다.

늙은 개 한 마리로 인해 나는 너무 쉽게 특정되고 수시로 공격당했다. 개가 오기 전까지 나는 옆방에 누가 사는지도 몰랐다. 옆방 사람이 이력서를 몇 번이나 썼는지, 어떤 식으로 남을 증오하는지 알 필요가 없었다. 여유롭게 공원을 산책하는 사람들이 얼마나 음험한 목소리로 숙덕일 수 있는지, 그들에게서 딸꾹질처럼 튀어나오는 혐오가 얼마나 본격적인지 실감할 이유가 없었다. 집에서도 광장에서도 모두가 나를 알아보는 것만 같았다. 오래전 그때, 바로 그날들처럼.

이 개는 정말로 살 자격이 있는 겁니까.

나는 남자에게 그렇게 물었다. 전화를 받지 않았으므로 문자를 남길 수밖에 없었다. 내내 침묵하던 남자가 비로소 답했다. 지금 가겠습니다.

과도한 것은 무엇이든 질색이었다.

조부모의 장례식장에는 많은 사람들이 찾아왔다. 그들은 하나같이 낯설고 불길한 얼굴로 울었다. 당시엔 누나와 내가 미처 이해할 수 없었던, 슬픔과 안타까움과 분노를 마구잡이로 뒤섞어놓은 얼굴이었다. 검은 옷을 차려입은 사람들은 모두 같기도 모두 다르기도 했다. 벽에 등을 딱 붙이고 서 있자면 어느 곳에서고 손이 튀어나와 우리를 붙들었다. 누나와 나는 얼굴을 딱딱하게 굳힌 채 그들이 끌어안으면 끌어안는 대로, 쓰다듬으면 쓰다듬는 대로 온몸과 양뺨을 내주었다.

─불쌍한 것들.

우리가 가장 많이 들은 말은 그것이었다. 어떤 목소리는 침통했다. 어떤 목소리는 분명한 어조의 경멸을 담고 있었다. 그들은 무언가를 알고 있었다. 우리가 모르는 것, 이를테면 누나와 내가 불쌍한 것, 가여운 것이었다가 세상 철딱서니 없는 망할 것들이 되어야 하는 이유 같은 것을.

누나는 내 손을 잡고 장례식장 구석에 몸을 숨겼다. 무릎보다 낮은 식탁들이 줄지어 서 있는 곳이었다. 나는 누나 옆구리에 몸을 꼭 붙이고 앉았다. 누나가 숨을 죽이면 나도 숨을 죽이고, 누나가 팔다리를 숨기면 나도 그랬다.
몸을 둥글게 만 채 뛰고 있는 내 심장 소리를 들었다. 때
때로 누나는 자신의 가슴을 양 손바닥으로 꽉 누른 채 속
삭였다.

　―조용히 해, 제발 뛰지 마.

　나는 누나와 똑같이, 숨소리만큼 작은 목소리로 심장
에게 애원했다.

　―제발 조용히 좀 해.

　녹색 코트를 입은 남자는 광장 가장자리에 설치된 음
수대 앞에 서 있었다. 나는 그를 향해 걸었다. 주둥이가
몹시 긴 개와 함께였다. 남자가 나를 살펴보는 동안 나는
광장 안쪽을 살폈다. 나무 뒤로 절반쯤 튀어나와 있던 칠
면조 엉덩이가 오늘따라 보이지 않았다. 없다고 해도 할
수 없었다. 나는 나대로 남자와 결착을 지으면 될 일이었
다. 개는 어설프게나마 네 개의 다리를 차근차근 앞으로
뻗고 있었다. 앞다리가 시옷자로 벌어지거나 제 다리에
걸려 고꾸라지는 일은 이제 없었다.

　―전에 나한테 양친이 건재하시냐고 물었죠. 가정이

화목하냐고.

나는 반창고로 둘둘 만 쇠줄을 세게 움켜쥐었다. 남자에게 개와 돈을 건네면 모든 게 끝인데도 이상하게 이것만은 확인하고 싶었다.

─우리 부모님을 아세요? 나를 알아요?

그게 줄곧 마음에 걸렸다. 왜 양친이라고 했을까. 한부모 가정도 조손 가정도 많은데. 내게 부모가 없을 수도 있고 부모와 따로 살 수도 있는데 왜 당연하다는 듯 양친에 대해 물었을까. 왜 그들이 건재하냐고, 건재하지 못할 만한 일이 당연히 있었을 것이라는 듯, 괜찮냐고 물었을까.

그럴 리가 있습니까, 라고 남자는 대답해야 했다. 별생각 없이 던진 질문이었을 뿐인데요, 라고 대답해야 했다. 내가 그쪽을 어떻게 알겠습니까, 라고 대답해야 했다. 남자는 그중 어떤 것도 입에 담지 않고 나를 응시했다.

─우리는 이전에 만난 적이 있습니다.

남자가 입을 뗐다. 개가 흑, 하고 숨을 몰아쉬었다.

─당신의 누나는,

야 이 개새끼야 하고 멀리서 메아리치듯 목소리가 울

렸다. 소리는 순식간에 다가와 스피커를 귀에 댄 것처럼 우렁차졌다. 칠면조였다. 칠면조는 어느 날의 내게 그랬던 것처럼, 그 육중한 몸을 지체 없이 날려 남자에게 달려들었다.

나는 개를 끌어당겼다. 개는 속이 빈 종이 인형처럼 손쉽게 줄에 끌려 내게로 왔다. 나는 개를 뒤로 숨기고 사방에서 튀어오르는 흙 알갱이들을 바라보았다. 기억의 부스러기 같은 것들이 동시에 튀어올랐다.

그랬다. 나는 남자와 만난 적이 있었다. 지금보다 훨씬 어리고 훨씬 나약한 모습의 남자를, 아직 소년이었던 그를 내 조부모의 장례식장에서.

2부

또다른 소년

소년은 우두커니 서 있었다.

나쁜 일이 벌어질 것 같다는 예감은 있었다. 아버지가
집을 나선 뒤엔 으깨진 수박씨 같은 게 입안을 굴러다녔
다. 껄끄럽고 찝찝했고, 아무리 물을 마셔도 이물감이 사
라지지 않았다. 그러고 나면 틀림없이 나쁜 일이 생겼다.
　소년의 아버지는 달리는 차를 향해 태연히 돌을 집어
던지는 사람이었다. 폐지를 잔뜩 실은 노인의 수레를 거
침없이 걷어차는 사람이었다. 돼지기름을 올린 불판처럼
늘 들끓고 있는 사람. 그게 바로 소년의 아버지였다.

소년은 늘 망가진 것들과 함께였다. 거실 벽시계는 불규칙하게 헐떡이며 시간을 타넘었다. 인터폰은 액정 절반이 까맣게 눌려 방문자의 목 아랫부분만 확인할 수 있었다. 거실 서랍장은 기울어졌고 화분을 올려놓던 선반은 몇 조각의 널빤지로 변해 베란다에 널브러져 있었다.

　초등학교에 들어갈 때까지 소년은 모두가 그렇게 사는 줄 알았다. 끓는점이 낮은 타인의 감정에 시달리며, 손쉽게 해체되는 연약한 사물과 씨름하며 사는 줄로만 알았다. 집에 놀러온 친구 하나가 의아해하며 묻기까지―너네 집엔 왜 이렇게 망가진 게 많아?―소년은 그게 망가진 것인 줄도 몰랐다.

　―엄마, 우리집엔 왜 이렇게 망가진 게 많아?

　친구가 했던 질문을 그대로 따라 했을 뿐인데 소년의 엄마는 눈에 띄게 당황하며 손사래를 쳤다.

　―망가진 거 아냐.

　―그럼?

　―잠깐, 고장난 거야.

고장난 것과 망가진 것의 차이를 소년은 어렴풋이 알고 있었다. 그럼에도 소년은 고개를 끄덕였다. 인터폰 화면처럼 엄마의 얼굴이 검게 일그러진 탓이었다. 소년은 엄마가 시키는 대로 현관문을 걸어 잠갔다. 아무도 초대하지 않고 누구의 초대도 받지 않는 유년기를 보냈다.

수년이 흐른 지금 소년은 여전히 망가진 것에 대해 생각했다. 고장난 것과 망가진 것. 고장난 벽시계나 서랍장은 고칠 수 있는 것들이었다. 그러나 폐지 줍는 노인의 부서진 손목뼈나 가드레일을 들이받은 운전자의 잃어버린 시력 같은 것은 영영 고칠 수 없는, 망가진 것들이었다.

아버지가 망가뜨린 것은 사물만이 아니었다. 소년은 몇 걸음 떨어진 자리에서 텔레비전을 닦고 있는 엄마를 돌아보았다. 마른걸레가 같은 자리를 맴돌아 오늘 하루를 다 쓴다 해도 청소가 끝날 것 같지 않았다.

전화벨이 울렸을 때 소년의 엄마는 텔레비전을 닦고 있었다. 전화를 받은 소년은 상대방이 먼저 입을 열 때까지 숨소리도 내지 않았다.

—여보세요? 거기 김영철씨 집입니까?

수화기 너머 남자가 물었다.

이런 종류의 경직된 목소리는 대개 경찰서에서 온 연락이었다. 병원이었다면 피로한 기색이 역력한 간호사가 전화를 걸어왔을 것이다. 동네 가게 주인이라면 대뜸 소리부터 질러댔을 것이고. 아버지의 지인이라면. 소년이 미간을 찌푸렸다. 아버지의 지인들은 따로 전화 같은 걸 하지 않았다.

—저희 아버진데요. 무슨 일이세요?

소년은 반사적으로 대답해놓고 금세 후회했다. 아버지라니. 자신과 아주 많은 것이 맞물려 있는 듯한, 친근한 호칭을 써버린 데 대한 후회였다.

소년은 다짜고짜 집안으로 들이닥치던 남자들을 떠올렸다. 하나같이 다부진 체격에 비열한 얼굴을 하고 있던 남자들. 아버지와 막역한 사이이니 문을 열어보라고 어르던 남자는 잠금쇠가 풀리자마자 소년부터 걷어찼다. 알루미늄 합금으로 된 현관문을 걷어차듯 자연스럽고 태연한 행동이었다. 남자는 무심한 얼굴로 소파 옆에 주저앉아 있던 엄마를 끌어냈다. 그 새끼가 어디로 튀었는지는 내 알 바 아니고, 이 막심한 손해를 어떻게 배상할지 제수씨가 생각을 해두셨겠지, 응? 내가 그 새끼는 안 믿어도 제수씨는 믿거든. 우리 제수씨 차암 좋은 사람이잖아. 안 그래요, 제수씨?

소년의 엄마는 대답하지 않았다. 바닥에 나동그라져 있던 소년을 다른 남자가 질질 끌고 왔을 때에도 소년의 엄마는 자신의 양말목만 움켜쥐었다 놓았다 할 뿐이었다.

소년과 소년의 엄마를 마주 앉혀놓고 그들은 세간을 부쉈다. 이미 어딘가 기울어져 있거나 부서져 있어 한번 더 부순다 해도 티도 안 날 것들이었다. 그래서인지 금세 흥미를 잃은 남자가 소년에게 다가왔다. 나는 입 꾹 처닫은 종자들을 보면 열불이 솟더라고. 주먹 쥔 손으로 소년의 양 귓불과 아래턱을 힘주어 문지르며 남자가 말했다. 내 돈을 어떻게 갚을 건지 셋 셀 동안 대답 안 하면 아가한테서 뭐가 하나씩 없어질 텐데, 괜찮겠어요, 제수씨? 우리 아가 어금니가 몇 개나 있나. 내가 지금부터 친절하게 세어드릴 테니까 생각을 한번 해봐요, 응? 자아, 하나, 두우울……

소년이 몸서리를 치며 턱을 감싸쥐었다. 오래전 일인데도 몸에 남겨진 기억이 어제 일처럼 선명했다. 소년은 혀를 움직여 바짝 마른 입 속을 더듬었다. 아버지라는 단어가 부러진 이처럼 입속을 굴러다니고 있었다. 최소한의 자음과 모음으로 이루어진 글자였으나 소년에겐 더할 나위 없이 복잡했다. 소년은 한 번도 그를 아버지라고 불러본 적이 없었다. 그는 소년이 말 거는 것을 싫어했고 소년과 함께 어떤 것도 하려 들지 않았다. 그럼에도 소년의 일상에는 아버지라는 단어가 담쟁이넝쿨처럼 엉켜 있었다. 소년이 일기만큼 많이 쓴 것이 탄원서와 호소문이었다.

제 아버지를 한 번만 용서해주세요. 아버지는 나쁜 사람이 아니에요. 제게 아버지를 돌려주세요. 아버지와 함께 살고 싶어요.

소년은 아버지라는 호칭 뒤에 따라붙는 비굴한 추임새를 최소 열 개쯤 외우고 있었다. 때로 소년의 아버지는 문

법에 맞지 않는 탄원서를, 더 삐뚤빼뚤한 글씨의 호소문을 요구했다. 소년은 '잃'자의 받침을 'ㄹ'로 바꾸거나 눈에 띄는 위치에 있는 몇몇 글자들을 왼손으로 써넣었다.

소년을 옭아매는 것은 호칭만이 아니었다. 소년은 아버지와 나란히 걸어본 적조차 없었으나 그가 한 모든 행동이 소년의 일상을 옥죄었다. 소년은 동네 슈퍼부터 닭발집 지물포 복권방과 행정복지센터에 이르는 모든 곳에 아버지 대신 용서를 빌러 다녔다. 소년의 엄마는 일찌감치 망가져버렸으므로 늘 혼자서였다.

소년은 남자들이 쳐들어와 세간을 부수고 이를 두 개 깨뜨린 그날부터 생각과 기대를 멈췄다. 기대도 실망도 사라진 세계에는 단순한 일과만이 남았다.

용서를 비는 법은 소년이 아버지에게서 배운 유일한 것이었다. 용서를 비는 동안 소년은 얼굴과 몸의 각도를 일정하게 유지하려 애썼다. 고개를 들지도 완전히 숙이지도 않은, 앞에 선 사람에게 이마와 콧잔등은 보이되 하관은 보이지 않는 각도였다. 아버지는 그것을 반성의 각도라고 불렀다. 상대방으로 하여금 내가 반성하고 있다

고, 하다못해 풀이 죽어 있다고 믿게 만드는 겸손한 각
도. 소년은 그 각도에 꼭 맞는 꼴로 멈춰 용서를 빌었다.
죄송합니다. 잘못했어요. 저희 아버지가 일부러 나쁘게
한 건 아닐 거예요. 한 번만 용서해주세요. 소년의 입에
서 흘러나오는 말들은 겨우 그런 것들이었다.

진절머리 나는 시간이었다. 고작 열네 살인데. 소년은
가끔 그렇게 따지고 싶었다. 자신은 아직 열네 살밖에 되
지 않았다고. 세상의 찬란하고 결백한 부분은 하나도 배
우지 못한 채 용서만을 구걸하는 삶을 살기에 나는 아직
어리다고.

그날도 어김없이 소년은 사과중이었다. 소년의 아버지
가 슈퍼에서 소주 세 병을 훔치다 들키자 슈퍼 주인 눈앞
에서 그것들을 전부 깨버렸기 때문이었다.

─그뿐이야? 새로 소주를 꺼내와서는 아무렇지 않게
들고 나가더라니까? 구운 계란 세 개랑 컵라면까지 알뜰
히 챙겨갔다고!

슈퍼 주인이 분에 못 이겨 소리쳤다. 소년이 스피커폰
으로 전화를 받는 사이 소년의 엄마는 식탁 위에 오만원

권 지폐 한 장을 올려놓고 사라졌다. 소년은 깃이 해어진, 사이즈가 커서 어깨가 축 늘어지는 잿빛 셔츠로 갈아입었다. 용서를 구하기에 적합한 옷이었다. 단추를 하나씩, 천천히 채우는 동안 전화벨이 두 번 더 울렸다.

아파트 단지 앞에 위치한 슈퍼는 입구에서부터 술냄새가 진동했다. 슈퍼 주인은 보란듯이 현장을 방치해두었다. 시멘트 바닥을 따라 기다란 물줄기가 꿈틀거리며 흘러내렸다. 초록색 유리병 파편이 진열대 위까지 튀어 있었다. 깨끗이 치운다 해도 가판대 이음매나 그늘진 모서리에서 새로운 조각이 끝없이 튀어나올 것이었다. 소년이 기억하는 한 파편이라는 것은 그랬다. 생각지도 못한 곳에서 불쑥 튀어나와 가장 날카로운 단면으로 팔꿈치를 긁어놓거나 부드러운 손바닥을 갈라놓았다.

소년은 슈퍼 주인에게 오만원을 내밀었다. 사과하는 동안 슈퍼 주인은 단단히 팔짱을 끼고 선 채 한마디도 하지 않았다. 그의 턱이 가리키는 곳에서 빗자루와 대걸레를 꺼내온 소년이 병조각을 치우기 시작했다. 그 손을 잡아챈 사람이 단발머리 할머니였다.

─그러다 다친다.

　계산하려던 두부와 우유를 내려놓고, 할머니가 소년을 밀어냈다.

　─괜찮아요, 저는.

　─안 괜찮아. 내가 해줄 테니 저리 가 있으렴.

　─아니에요, 제가……

　─그러기에 너는 너무 어리잖니.

　그녀는 그렇게 말했다. 너는 너무 어리잖니.

　소년은 그 말에 상당히 놀랐다. 소년의 엄마는 소년이 혼자 운동화 끈을 묶던 날 선언하듯 말했다. 너는 이제 다 컸구나. 아버지는 소년이 성장하든 말든 관심이 없었다. 그런데 할머니는 소년과 두 눈을 똑바로 마주한 채 말했다. 그런 걸 걱정하기에 너는 너무 어리잖니. 차림새가 단정한 사람이었다. 짧게 자른 단발머리가 적당히 부풀어 은색 구름 같았다. 각진 턱과 얇은 입술 때문에 신경질적인 느낌이 드는 얼굴이었으나 입을 열면 순식간에 모든 것이 둥글어졌다. 소년은 그런 얼굴을 이전에도 이후에도 본 일이 없었다.

　할머니는 캐러멜색 담요를 어깨에 걸치고 소년 앞에

서 있었다. 보풀이 일어나 있는 보통의 담요였을 뿐인데 소년의 눈에는 더할 나위 없이 따뜻해 보였다. 이제 막 여름이 끝났는데도, 여전히 반소매 차림인 사람들이 거리에 가득했는데도 그랬다.

할머니는 신문지를 가져다 모은 파편을 싸고 검은 비닐봉지에 담아 단단히 묶었다. 그녀가 걸레질을 하고 흐트러진 선반을 정리할 때까지 소년은 팔을 늘어뜨린 채 우두커니 서 있었다. 너는 너무 어리잖니. 낯선 대사 때문에 속이 울렁거렸다. 못마땅한 기색의 슈퍼 주인에게 대걸레를 건넨 뒤 할머니는 이것저것을 봉지에 담아 소년에게 내밀었다.

—우리 손주들은 이런 걸 좋아하던데.

소년은 엉겁결에 봉지를 받아들었다. 할머니가 장바구니와 함께 내려놓았던 담요를 어깨에 둘렀다. 끝이 젖었는지 희미하게 소주 냄새가 났다.

할머니가 준 봉지에는 계란 모양 초콜릿과 치즈 소시지, 막대사탕 따위가 들어 있었다. 소년은 슈퍼 앞 도로를 서성거렸다. 이대로 집에 가도 좋은 건지 판단이 서지 않아서였다. 누군가에게 용서를 빌거나 무시당하는 일엔 익숙했지만 이런 때에는 무엇을 해야 하는지 알 수 없었다. 이런 때, 그러니까 누군가 말을 걸어주고 작은 물건과 도움을 베풀 때. 할머니에게도 용서를 빌어야 하는 게 아닐까. 소년은 문득 떠올렸다. 담요를 더럽혀서 죄송해요. 최소한 그 말이라도 전해야 했다. 소년은 슈퍼 입구 쪽으로 도로 걸어갔다. 비닐봉지가 무릎에 닿을 때마다 바스락댔다.

슈퍼 안에서 할머니의 목소리가 흘러나왔다.

—아버지 대신 사과를 하러 다니기에도, 깨진 병을 치우기에도 저애는 너무 어리잖아요. 저렇게 작은 애를 어쩌면.

—모르는 소리 마세요.

슈퍼 주인이 짜증을 내며 대꾸했다.

—할머니가 이사온 지 얼마 안 돼 뭘 모르고 그러시는데, 사정을 알면 마음이 바뀔걸요. 저애가 바로 그애예요. 바로 그 집 애라고요.

소년은 집을 향해 걸음을 옮겼다.

새삼스러울 건 없었다. 소년이 한글을 떼기 전부터 소년의 아버지는 유명했다. 원양어선을 타느라 석 달에 한 번꼴로 집에 돌아올 뿐인데도 동네에서 그를 모르는 사람이 없었다. 긴 조업 기간 내내 어선 밑바닥에 위치한 기계실에서 도박을 해 돈을 벌기는커녕 빚만 지고 온다고. 소년의 엄마가 도박 빚 갚느라 친정 기둥뿌리를 못해도 세 개는 뽑았을 거라고 소문에 소문이 줄을 이었다. 그걸 증명이라도 하듯 소년의 아버지는 기름때와 비린내에 푹 절어 빈손으로 돌아올 때가 많았다. 그리고 이제는 소년도 알았다. 아버지가 갇혀 있던 곳이 망망대해의 어선만은 아니라는 걸.

—저게 그 집 애야.

초등학교 입학식에서 사람들은 대놓고 소년을 경계했다.

—애는 순한가보던데.

—모르는 소리 마. 보고 배운 게 그거밖에 없을 텐데 애가 멀쩡히 컸겠어? 우리 애랑 같은 반 되면 가만 안 있을 거야.

—그렇지, 애들이란 게 아무래도.

미심쩍어하는 얼굴과 적의 어린 수군거림. 소년은 초등학교를 다니고 중학교에 입학하기까지 단 한 명의 친구도 사귀지 못했다. 소년이 말을 걸 때마다 모호하게 일그러지던 아이들의 얼굴을 소년은 지금도 생생히 기억하고 있었다. 일부러 집에서 멀리 떨어진 사립 중학교에 입학했으나 소문은 무성하고 집요했다. 복도를 걷기만 해도 비난과 동정과 경멸의 목소리가 파고들었다.

—쟤네 아빠가 이웃집 개를 훔쳐다 쥐불놀이하듯 빙빙 돌렸대.

소년의 이웃집에는 개가 없었다.

—쟤 저번에 팔 부러져서 온 적 있잖아. 방에서 넘어진 정도로 팔이 부러지는 게 말이 되냐? 분명 쟤네 아빠짓일 거야.

바닥에 팔꿈치를 부딪혀 뼈에 금이 간 건 순전히 운이 나빠서였다. 그럼에도 담임선생은 소년을 몇 차례나 상담실로 불러 이유를 물었다. 나한테는 사실대로 얘기해도 돼. 정말은 누가 그런 거니? 소년이 고개를 저어도 선생은 믿지 않았다. 한계 없이 따라붙는 시선 때문에 소년은 곤혹스러웠다.

소년은 무엇을 바로잡아야 할지 알 수 없었다. 그들이 말하는 대로 소년의 아버지가 소년을 직접 때린 일은 없었다. 그러나 그렇다고 해서, 단지 신체적 폭력이 없었다는 사실만으로 자신이 보호받고 있다고는 말할 수 없었다. 그들이 원하는 답은 명백하게 분리되어 있었다. 헌신적인 보호자와 무자비한 학대자. 단 두 개의 선택지만이 주어졌으므로 소년은 어느 쪽도 선택하지 못했다.

아파트로 돌아와 비상구 계단에 쪼그려앉은 소년이 비닐봉지를 열었다. 계란 모양 초콜릿을 깨뜨리자 안에서 플라스틱 장난감이 튀어나왔다. 어린애들이나 가지고 놀 법한 물건이었다. 어떤 종류의 탄원도 사과도 해본 적 없이 그저 어리고 해맑은 아이들이나. 장난감이 너무 조잡하고 유치해서 소년은 그것을 손에 움켜쥔 채 훌쩍거렸다.

노란 불빛

—놀러오렴.

할머니는 종종 소년에게 말했다.

—우리집 문을 두드리기만 하면 된단다.

—……

—똑똑 두드린 다음에, 아랫집이에요, 하렴.

—왜요?

—너는 이름 말하는 걸 싫어하니까, 그렇게만 말해.
그럼 언제든 문을 열어주마. 언제든.

할머니는 소년의 윗집에 살았다. 소년은 나름의 이유

로 그녀가 이사오던 날을 기억하고 있었다. 아파트 입구를 가로막고 있던 사다리차 기사와 소년의 아버지가 싸움을 벌인 탓이었다.

사다리차 기사는 부분 부분 살갗이 벗어진 새까만 어깨를 가진 사람이었다. 어깨 아래로 두꺼운 팔뚝이, 그 아래로 더 두꺼운 복부가 찰흙 인형처럼 빈틈없이 쌓여 있었다. 그는 양팔을 간단히 휘두르는 것만으로 소년의 아버지를 이 미터가량 밀어냈다. 소년의 아버지가 몇 번이고 몸을 날려 밀쳤지만 꿈쩍도 하지 않았다. 사다리차 기사는 이삿짐센터 직원을 도와 바퀴 달린 운반대를 내리고 간간이 누군가와 통화도 하면서 겸사겸사 소년의 아버지를 상대했다. 소년의 아버지가 좁은 화단 위로 나동그라진 뒤에는 쳐다도 보지 않았다.

굳은 흙덩이를 되는대로 집어 내던지는 아버지의 모습을 소년은 베란다에서 지켜보았다. 서로가 서로를 밀치고 내던졌으므로 사과하지 않아도 좋을 일이었다. 소년은 베란다 창문을 닫았다. 잠시 뒤 노랗게 페인트칠을 한 사다리가 뻗어올라와 소년이 서 있던 베란다의 한 층 위에서 멈췄다. 고풍스러운 색깔의 각진 가구들이 연이어

윗집으로 올라갔다.

　가구들이 각자의 방향으로 밀고 당겨지며 제자리를 찾아가는 과정을 소년은 온몸으로 들었다. 무겁고 둔중한 소리와 가늘고 날카로운 소리가 간헐적으로 이어졌다. 엘리베이터 잡고 있지 말아요! 누군가 베란다 밖으로 머리를 내밀고 소리쳤다. 뭔 놈의 이사를 하루종일 해. 엘리베이터 전세 냈나! 해가 기울어질 즈음 소년은 베란다 문을 열었다. 온종일 집안에 고여 있던 뜨거운 공기가 창밖으로 빠져나갔다. 이삿짐센터 차량은 돌아간 지 오래였으나 윗집과 연결된 노란 사다리가 아직 눈앞에 있는 것만 같았다.

　소년은 엘리베이터를 타지 않았다. 밀폐된 공간에서 사람들과 마주치는 일이 싫어서였다. 그들의 시선과 질문에서 조금도 벗어날 수 없다는 점이 소년을 숨막히게 했다. 애, 너 괜찮니? 그들은 소년의 어깨를 톡톡 치며 그렇게 물었다. 그들의 질문이 공교롭게도 소년과 마주쳤기 때문인지 깊은 의심과 걱정 때문인지 단순한 호기심 때문인지 가늠하기 힘들었다. 소년이 머뭇대면 그들은 의미심장한 눈빛을 주고받았다. 몇 초의 마주침이 어떤 소문을 만들어내는지 알게 된 뒤엔 엘리베이터 앞에만 서도 목덜미가 선득해졌다. 소년은 엘리베이터 버튼을 누르는 대신 비상구 문을 열었다.

북향의 계단은 계절과 상관없이 늘 서늘하고 축축했다. 쓰는 사람이 거의 없어 소년은 엉덩이에 감각이 사라질 때까지 계단참에 앉아 있었다. 소년은 얼어붙은 계절을 달리는 비루한 생김새의 기차를 영화에서 본 적이 있었다. 좁은 객실에 빽빽이 들어찬 사람들이 어디론가 끝없이 이동하는 영화였다. 기차는 달릴수록 목적지와 멀어졌고 삭막한 표정의 사람들은 쉽게 죽었다.

소년은 객실 안 승객들이 그랬던 것처럼 표정 없이 창문 너머를 바라보았다. 영화 속 창문으로는 황무지가, 소년의 창문으로는 시멘트 벽이 보였다. 소년은 건물 그림자로 얼룩진 시멘트 벽을 바라보며 자신 안에서 손쉽게 죽어버린 것들을 떠올렸다. 가끔은 빗방울이 사선으로 기울어진 채 떨어졌다. 낙하하는 궤적만 남아 있을 뿐 목적지에 이르는 소리는 들리지 않았다. 빗방울이 유리창에 부딪혀 형체 없이 뭉그러지는 걸 소년은 보고 또 보았다.

무작정 계단을 오르는 날도 있었다. 계단마다 미끄럼 방지용으로 붙어 있는 검고 긴 고무가 소년의 눈에는 기찻길로 보였다. 낡고 오래된 아파트였으므로 꼭대기 층까지는 금방이었다. 소년은 태풍의 흔적—황색 테이프를 엑스자로 붙였다가 떼어내려 애쓴—을 떠안고 있는 계단참의 얇은 유리창 앞에 섰다. 옆 동이 바짝 붙어 있어 창밖은 그저 잿빛이었다. 소년은 훅훅, 숨을 몰아쉬며 계단을 도로 내려갔다. 낮은 계단을 밟고 또 밟다가 어느 층에 이르러서는 문득 걸음을 멈추기도 했다.

계단참 귀퉁이에 깡통 하나가 놓인 것은 가을이 끝나갈 무렵이었다.

지독한 가뭄과 건조한 날씨로 산이 여럿 불탔다. 저수지가 말라 산불을 끄는 데 애를 먹고 있다는 뉴스가 연일 보도되었다. 나뭇가지가 서로 부딪쳐 마른 불꽃을 일으키는 건 흔한 일이었으나 강풍이 그것을 유별한 일로 만들었다.

산과 숲, 나무와 저수지. 소년은 그 모든 것을 텔레비전으로만 보았다. 한 번도 실감해보지 못한 것들이 불타

없어지는 모습은 충격적이었다. 소년은 그것이 왜 충격적인지 의아해하며 뉴스를 보았다. 어떤 가능성이 완전히 소거되는 모습을. 다만 소멸중인 광경이 밤새 생중계되는 모습을 눈을 떼지 않고 보았다. 텔레비전 속 활활 타오르는 불길과 비상계단의 축축하고 시린 세계는 완전히 분리되어 있는 것만 같았다.

소년은 차가운 벽면을 따라 계단을 오르다 깡통을 발견했다. 깡통에는 화단에서 퍼온 것이 분명한 굳은 흙이 채워져 있었다. 고꾸라진 담배꽁초 두 개와 꼬막 껍데기. 꼬막 껍데기? 소년은 깡통 안을 조심스레 헤집어보았다. 엄지손톱만한 껍데기는 반쪽뿐이었다. 노랗고 푸석푸석한 흙을 쑤석이는 동안 계단참에 담배 냄새가 고였다. 꽁초에 남은 불씨가 타오르는 냄새치고 지독했다.

—시간이 말이다. 자꾸 날 빠뜨리고 가버리는구나.

소년은 불빛 아래 서 있는 할머니를 바라보았다. 비상계단에 소년 외의 다른 사람이 있는 건 처음이었다. 슈퍼에서 본 것보다 길고 두꺼운 담요가 할머니 어깨에 걸쳐져 있었다. 팔꿈치 쪽 보풀이 유난했다.

　—시간이요?

　—그래.

　—시간이 할머니를 왜요?

　—글쎄다. 이제 쓸모없어진 게 아닐까. 사람은 깜짝
놀랄 만큼 한순간에 낡아버리니까 말이다.

　할머니는 천천히 숨을 내쉬고, 쥐고 있던 담배를 깡통
속 흙덩이에 눌러 껐다. 꼬막 껍데기가 작게 달각였다.

　—그보다 너는 어쩐 일이니? 비상계단은 나 같은 늙
은이한테나 어울리는 곳이란다.

　—전 여기를 좋아해요.

　—달리 좋아할 만한 게 없는 건 아니고?

　열린 창문으로 찬 바람이 새어들었다. 소년은 계단에
걸터앉았다. 할머니와 오래 이야기할 생각은 아니었다.
늘 하던 대로 소년은 비상계단 중간쯤에 앉아 창밖을 바
라보았다. 맞은편 건물 벽이 보이는 것의 전부였으나 어
쩐지 평소와 달랐다. 구름처럼 부푼 단발머리가 하필 그
곳에 솟아 있어 소년은 가끔 할머니를 훔쳐보았다. 비상
계단 센서 등이 꺼졌다 켜지기를 반복했다. 할머니가 창

문을 닫자 누렇게 바랜 불빛이 유리창에 비쳤다. 이제 날씨가 제법 쌀쌀하구나. 소년 옆을 스치는가 싶던 할머니가 그대로 계단에 걸터앉았다. 할머니는 걸치고 있던 담요를 넓게 펴 소년의 어깨에 덮어주었다.

어느 날은 할머니가 알이 작은 계란 하나를 소년에게 건네주었다. 갓 구운 계란을 그대로 꺼내왔는지 받아든 손바닥이 새빨개질 만큼 뜨거웠다. 할머니는 어쩔 줄 몰라 하는 소년의 손에서 계란을 도로 가져가 껍질을 깐 뒤 후후 불어 돌려줬다.

—아버지는 배를 타요.

—그거 힘들겠구나. 화물선? 어선? 아니면 군함?

소년은 짙은 갈색 계란을 조금씩 베어먹었다. 소년의 잇자국이 남은 자리에 할머니가 소금을 몇 알씩 올려주었다.

—몰라요.

소년이 잠시 숨을 고른 뒤 말했다.

—어선이 좋겠어요. 참치나 상어처럼 큰 고기를 잡는.

—큰 고기가 좋으니?

—아뇨. 그런 걸 잡으려면 바다에 오래 떠 있어야 하잖아요.

　—학교는 잘 다니고 있니?

　—왜요?

　—늘 여기에 있으니까. 오늘도 종일 여기 있었니?

　—토요일이니까요. 토요일엔 학교 안 가요.

　—별일이구나. 별일이야.

　할머니는 소년의 이야기를, 한 학급 인원이 스무 명 남짓하다든가 전자 학생증으로 학교 도서관에서 책을 빌린다든가 하는 이야기를 귀기울여 들었다.

　—점심은?

　—점심은 급식실에 가서 먹어요.

　—우리 땐 도시락을 싸서 다녔다. 멸치볶음이 정말 싫었지. 세상에 그런 작고 맛없는 생선을 말려서 볶아 먹을 생각을 누가 했을까.

　할머니가 지긋지긋하다는 듯 몸을 떨었다. 그러더니 짐짓 근엄한 목소리로 소년에게 말했다.

　—물고기는 역시 큰 게 좋겠구나.

할머니는 도시락 통에 든 쇠숟가락이 얼마나 큰 소리로 덜걱댈 수 있었는지에 대해 이야기했다. 초록색 페인트가 칠해진 나무 책상과 교실 중앙에 놓여 있던 화목난로, 아코디언처럼 생긴 연통에서 새어나와 교실을 가득 채우던 연기, 갈라진 연통에 청테이프를 감느라 천장에 매달리다시피 했던 키 작은 선생, 땔나무 당번과 하루 한 개만 지급되던 조개탄 같은 것들에 대해서도.

─교실에서 불을 피웠다고요? 진짜 불이요?

─그땐 가짜가 오히려 귀했으니까. 번거롭고 위험한 일투성이였는데 날이 추워지면 꼭 옛날 기억이 떠오르는구나. 망치 아저씨도 생각나고.

─망치 아저씨가 누구예요?

─늘 망치랑 톱, 수평계를 들고 다니는 아저씨가 있었단다. 전학년 교실을 돌아다니며 고장난 물건들을 고쳐줬지.

─망치랑 톱이라니 위험하잖아요?

─우리에게 망치와 톱보다 더 위험한 건 책상이었어. 나무를 대강 잘라 못만 박은 책걸상이 어찌나 허술하던지 의자 바닥이랑 등받이에서 못이 튀어나오기 일쑤였단

다. 다리는 짝짝이에 삐거덕거리고 내려앉고 엉망이었지. 쉬는 시간에 망치 아저씨가 복도를 지나가면 교실마다 난리가 나는 거야. 우리 교실로 와달라고, 내 의자를 고쳐달라고. 망치 아저씨가 튀어나온 못도 박아주고 짝짝이 다리도 잘라주고 망가진 의자는 해체해서 땔나무로도 만들어주고 그랬단다. 거스러미가 일어난 나무 책상에 옷이 뜯기면 뒷주머니에서 사포를 꺼내 쓱쓱 밀어줬지. 아주 만능이었어.

　—상상이 잘 안 가요.

　—그러고 보니 지금 세상에선 망치 아저씨도 쓸모가 없겠구나.

　할머니가 무릎을 덮고 있던 담요에서 작은 보풀을 떼어냈다. 계단에 세워둔 램프가 발아래를 둥글게 비췄다. 어느 날 할머니가 들고 온, 손바닥만한 캠핑용 램프였다. 노란빛이 도는 한지로 겉면을 감싼 램프는 당연하게도 노란 불빛을 뿜어냈다. 소년은 두 사람 발밑에 고인 불빛을 응시하다 중얼거렸다.

　—만능이라면서요.

—응?

—망치 아저씨요. 그렇게 만능이면 지금도 뭐든 고칠 수 있지 않을까요? 그저께 저희 집에 텔레비전 수리하는 아저씨가 왔었거든요. 아버지가…… 그래놓은 건데 수리 아저씨가 와서는 텔레비전이랑 밥솥이랑 선반까지 전부 고쳐줬어요. 냉장고 문 기울어진 것도 감쪽같이 고쳐주고요. 망치 아저씨도 그 아저씨처럼, 뭐든 다 고쳐내고 계실 거예요.

—지금도?

—지금도요. 지금도 엄청 멋지실걸요.

—그렇구나.

할머니가 램프를 톡톡 건드리며 웃었다. 불빛이 가늘게 흔들리다 제자리로 돌아갔다.

위층 어딘가에서 철문 밀리는 소리가 들렸다. 잠시 열어본 것뿐인지 소리가 웅웅 진동한 뒤에는 누구의 발소리도 나지 않았다.

—우리 영감은 예전에 말이다, 동화를 썼단다.

할머니는 흙이 든 깡통을 멀리 치워버렸다. 담배를 피

우는 대신 소년에게 별것 아닌 이야기를 늘어놓는 데 대부분의 시간을 썼다. 낮이 눈에 띄게 짧아졌다. 가만히 앉아만 있어도 입김이 피어올라 소년은 두꺼운 점퍼를 입고 비상구 문을 열었다. 할머니의 담요는 세 개로 늘어났다. 하나로 어깨를, 다른 하나로 무릎을 덮고는 마지막 하나를 세 번 접어 계단에 깔고 소년과 나란히 앉았다. 할머니와 소년은 이제 옆구리를 딱 붙이고 앉아 소곤소곤 이야기를 나누었다.

　—이상한 동화였지. 한 남자가 세계를 떠돌면서 사람들의 슬픔을 지워주는 이야기였어.

　—그게 왜 이상해요? 슬픈 사람을 도와주는 건 좋은 일이잖아요.

　—글쎄다.

　할머니가 군밤 봉지를 꺼내 무릎에 올렸다. 새까맣게 탄 밤껍질을 벗겨내자 노랗고 쪼글쪼글한 속이 튀어나왔다. 노란 군밤을 소년의 입에 넣어주고 할머니는 다음, 또 다음 밤껍질을 까기 시작했다.

　—사람들에게는 슬픔을 견뎌낼 수 있는 힘이 있단다. 정도의 차이는 있지만 누구에게나, 슬픔에 지지 않을 만

큼의 힘이 있어. 그런데 슬픔을 냉큼 가로채서 제멋대로 지워버리는 게 과연 좋은 일일까?

—견디지 못하는 사람도 있을 수 있잖아요. 슬픔이 너무 커서 힘을 낼 수 없거나, 매일매일 새로운 슬픔이 생겨나는 사람이요.

—그럴 수도 있겠구나. 하지만 말이다. 그 동화 속 남자는 슬픔을 정말로 없애버리는 게 아니었단다. 자기 몸으로 잠시 옮겨둘 뿐이었지.

—옮겨요?

—슬픔이란 건 손쉽게 없애버릴 수 있는 게 아니니까 말이다. 힘을 내서 아주 오랫동안, 더 두껍고 단단한 다른 감정으로 덧씌워나가는 거거든. 유화를 그릴 때처럼 말이야. 유화가 뭔지 아니?

—알아요. 고흐의 〈별이 빛나는 밤〉.

—그래. 물감이 마르길 기다렸다가 그 위에 물감을 덧씌우고 또다시 말려서 새로운 물감을 덧씌우고 하는 것처럼, 슬픔을 이겨내는 데에도 여러 감정들과 오랜 시간이 필요하단다. 그러니 남자가 그 많은 슬픔을 어떻게 없앨 수 있었겠니. 자기 몸속에 무작정 쌓아둔 거지. 그게

또 얼마나 무거웠을까.

　─슬픔은 무거운 건가요?

　─무겁지. 참치만큼 무거울걸.

　할머니가 잠시 말을 쉬었다. 소년은 참치를 떠올렸다. 심해에 그림자를 드리우고 떠다니는 범선만큼 커다란 몸통을 그려보다 의아해졌다. 이건 참치가 아니라 고래 아닐까. 하지만 고래든 참치든 소년은 어느 쪽도 본 적이 없었다. 아빠가 잡은 생선은 왜 집에 안 와? 어린 날의 소년이 물었을 때 소년의 엄마는 험악한 얼굴로 답했다. 그런 건 물위로 올라오자마자 썩어. 고약한 냄새를 풍기면서 썩기 시작한다고.

　할아버지가 썼다는 동화 속 남자에게 슬픔은 그런 것일지 몰랐다. 고래나 참치만큼 거대하고 무거운, 수면 위로 조금만 떠올라도 썩기 시작하는 비리고 역한 것. 목격하는 것만으로도 고통스러워 타인의 슬픔을 빼앗아 삼켜버리지 않고는 견딜 수 없는 날것의 무엇.

　─남자의 몸안에 쌓인 슬픔은 작은 소리를 냈단다. 처

음엔 얇은 나무판이 부딪는 소리 같았지. 잘각잘각 달각 달각 하고 말이야. 세계를 떠돌수록, 더 많은 사람을 만날수록 남자의 몸안에 쌓이는 슬픔이 늘어갔단다. 잘각 잘각 절걱절걱 덜컥덜컥 그러다가 어느 날부터는 구우웅, 하고 뱃고동 소리 같은 걸 내더라지 뭐냐. 두웅 두우웅 구웅 구우웅. 남자가 한 걸음 두 걸음 걸을 때마다 두웅 구우웅 하고 슬픔이 울더란다. 그렇게 울면서 세계의 끝을 향해 걷는 남자 이야기였어.

—그게 끝인가요?

—끝이란다.

—두웅 구우웅 하고요?

—두웅 구우웅 하고.

—세계의 끝까지?

—멈추지 않고.

—흠. 그건 좀 이상하네요.

—그렇지? 덕분에 동화책은 쫄딱 망했단다. 그래서 내 우리 영감한테 그랬지. 쓸데없는 짓 하지 말고 집에서 바둑이나 두면서 쉬라고 말이다. 그랬더니.

—그랬더니?

—진짜 푹 쉬지 뭐냐. 벌써 사십 년째 바둑만 두고 있다.

소년의 웃음소리가 비상계단에 작게 울렸다. 할머니가 벌어진 소년의 입에 군밤을 밀어넣었다. 동그랗게 부풀어 있던 빛이 소년의 웃음소리에 휘감기듯 일렁여 그림자를 밀어냈다. 뒤늦게 움직임을 감지한 센서 등이 켜져 소년과 할머니는 위아래로 일렁이는 빛과 그림자 사이 어디쯤 멈추었다. 할머니가 군밤 껍질을 우두둑 깼다.

—그래도 말이다. 가끔은 궁금해진단다.

소년이 군밤을 씹는 동안 할머니는 손을 허공에 뻗어 불빛을 어루만지듯 움직였다. 밤을 까느라 검댕이 묻은 손끝이 새까맸다.

—영감은 그 긴 시간을, 어떻게 미치지 않고 버틸 수 있었을까.

그즈음 소년의 일상은 온통 노란 불빛 속에 있었다.

소년은 소리 내 웃는 법도, 이마를 찌푸려 감정을 표현하는 것도, 때로는 숨을 쉬는 것처럼 그저 존재하기만 하는 정적이 있다는 사실도 모두 노란 불빛 속에서 배웠다.

구름이 낮게 배를 깔고 엎드린 날과 미세먼지 때문에

석양이 붉고 홍건한 날의 기분이 다를 수 있음을 알아차린 것도 노란 불빛 속에서였다. 소년은 어린아이가 말을 배우듯 더듬더듬 자신의 감정을 배웠다. 나는, 내가 느끼기에, 내가 생각하기에, 내가 본 것은, 내 기분은. 소년이 입을 뗄 때마다 할머니는 틀림없이 소년의 머리를 쓰다듬어주었다. 모두 노란 불빛 속에서의 일이었다.

소년은 할머니와 나란히 앉아 창밖의 폭설을 보았다. 눈의 결정이 커다랄수록 떨어지는 속도가 느렸다. 눈은 약한 바람에도 쉽게 흩날렸다. 눈의 궤적을 따라 시선을 옮기면 할머니와 똑같은 각도로 머리가 기울어지는 게 소년은 좋았다.

할머니는 가끔 창문을 열어 눈이 흘러들어오도록 두었다. 결정이 크든 작든 눈이 녹은 흔적은 미미했다. 소년은 할머니가 보온병에 타 온 뜨거운 코코아를 마시며 창밖을 보았다. 아무것도 아닌 것들. 이를테면 구운 계란이나 군밤, 코코아처럼 별것 아닌 것들이 소년을 단단히 감싸고 있었으므로, 소년은 용서를 빌러 다니는 일이 더는 괴롭지 않았다. 용서를 비는 구차한 순간이 지나면 틀림없이 이곳으로 돌아와 할머니의 담요를 나눠 덮을 수 있기 때문이었다.

그러나 겨울이 끝나기도 전에 불빛은 사라졌다.

소년은 튕겨나온 부속품처럼 계단참에 남겨졌다. 언제 어느 때 무엇이 종료 버튼을 누른 건지 알 수 없었다. 분명한 건 한 세계가 불현듯 종료되었고, 그 신호가 소년에게 너무 늦게 도착했다는 점이었다.

할머니가 내려놓고 간 램프만이 눅눅한 어둠 속에 남았다. 한동안 소년은 할머니가 자신을 만나러 오지 못하는 이유에 대해 생각했다. 호되게 감기에 걸린 탓일지 몰랐다. 지난달 구급차를 타고 병원에 다녀왔다던 할머니 말이 떠올랐다.

—늙으면 망가지는 게 많아.

할머니는 대수롭지 않다는 듯 말했지만 그날의 쓸쓸하고 불길한 온도를 소년은 또렷이 기억하고 있었다. 세 개의 담요 중 하나가 사라졌거나 할아버지의 바둑돌이 깨져버렸을 수도, 각지고 고풍스러운 색의 가구가 주저앉았을 수도 있었다. 화장실 문이 떨어져나가는 것도 큰일이었다. 소년이 아는 한 견고해 보이는 사물의 세계는 전부 허상이었다.

창문 앞에 서 있던 할머니를 떠올리는 날도 있었다. 그럴 때 할머니는 달의 먼지 속에 갇혀 있는 우주비행사 같았다. 할머니, 할머니, 몇 번을 불러도 아득한 곳에 멈춰 있는 할머니는 돌아보지 않았다. 날카로운 먼지 입자에 눈과 폐를 베일 것처럼 위태로워 섣불리 잡아당길 수도 없었다. 그럴 때 소년이 할 수 있는 일은 하나뿐이었다. 할머니가 긴 호흡 끝에 눈을 뜨기를, 어서 소년을 발견해 말을 걸어오기를 기다리는 것. 소년은 할머니 발밑에 쪼그려앉아 램프를 끌어안고 기다렸다. 몸을 둥글게 말고 불빛을 지키는 어린 개처럼.

할머니가 오지 않게 된 비상계단은 이제 아무것도 아니었다. 소년은 한때 그곳을 기차 객실로, 기찻길로, 비밀 아지트로 여겼던 스스로를 한심하게 바라보았다. 노란 불빛이 비추지 않는 그곳은 시멘트 구조물의 일부일

뿐이었다.

소년은 더이상 비상계단으로 나가는 철문을 열지 않았다. 철문은 처음부터 그랬던 것처럼 굳건히 닫힌 채 시간 속에 방치되었다.

봄이 완연해질 때까지 소년의 세계는 멈춰 있었다. 소년의 아버지는 몇 달째 집에 들어오지 않았다. 그가 먼 대양에서 참치를 잡고 있을 거란 생각은 들지 않았다. 소년은 누구에게도 사과할 필요 없는 시간을 보냈다. 안방 침대에 고치처럼 잠들어 있던 소년의 엄마가 조금씩 걸어다니기 시작했다.

간혹 베란다 너머로 할머니가 보였다. 아주 가끔이었으나 소년은 오가는 사람들 틈에서 할머니의 은발을 단번에 골라낼 수 있었다. 뭉게구름처럼 둥글게 부풀어 있던 머리가 한차례 비를 뿌린 직후처럼 납작해져 있었다. 할머니는 새잎이 돋는 나무 아래 우뚝 서 있었다. 양옆에는 아이들이 하나씩 매달려 있었다. 슈퍼에서 말했던 손주들인 모양이었다.

할머니 옆을 단단히 꿰찬 아이들을 소년은 복잡한 마

음으로 바라보았다. 아침저녁으로 복도가 소란해지기 시작한 것도 그 무렵이었다. 아이들은 부산스럽고 명랑했다. 높낮이가 또렷한 목소리로 재잘대는 소리가 여과 없이 전해졌다. 하루에도 수차례씩 도도도도 발소리가 울렸다.

소년은 거실에 앉아 아이들의 발소리를 들었다. 서로의 이름을 몇 번이고 되풀이해 부르는 소리를 들었다. 소년은 계란 모양 초콜릿에서 튀어나온, 유치하고 조잡한 장난감을 꺼내와 오래도록 쓰다듬었다. 저 아이들이라면 이 플라스틱 조각에도 이름을 붙여주었을 것 같았다. 뭐라고 지었을까. 소년은 언제든 자신의 집에 놀러오라던 할머니 말을 떠올렸다. 문을 똑똑 두드린 다음에 아랫집이에요, 하렴. 그럼 언제든 문을 열어주마.

소년은 할머니가 했던 말을 조금씩, 아주 조금씩만 떠올렸다. 제 안에 스며들 틈도 없이 흩어져버릴까봐 매일 아껴가며 한 단락씩만. 아무리 아껴도 끝은 금방이었다. 슬픔을 지우는 남자 이야기에 이르러 소년은 할머니 목소리를 한 소절씩 나누어 조심스레 매만졌다. 남자가 걸을 때마다 두웅 구우웅 슬픔이 울더란다. 이상한 얘기지, 하는 대목에 이르러 소년은 작게 대답했다. 그건 이상한 얘기가 아니에요, 할머니.

뱃고동 소리를 내며 슬픔이 울려퍼지는 동안 다른 사람들은 무얼 했나요. 그토록 크고 무거운 슬픔을, 그렇게나 시끄러운 슬픔을 왜 다들 모른 척했어요? 남자의 슬픔을 지워주는 사람은 왜 없었을까요. 그러니까 할머니, 그건 이상한 이야기가 아니라 너무…… 외롭고 슬픈 이야기예요.

사라진 것들

소년의 아버지는 여전했다.

여전했<u>으므로</u>, 여전하다는 말 외에는 할 수 있는 게 없었다.

성큼성큼 건너오는 것들이 있었다. 밤의 기척. 붉은 모래바람. 신호등이 기울어지도록 쏟아지는 여름철 폭우처럼 이편<u>으로</u> 거침없이 건너오는 것들. 불길하고 소란스러운 것들. 소년은 그것들에 큰 두려움을 느끼지 않았다. 매일같이 사건이 거듭되는 삶은 무감해지거나 미치거나 둘 중 하나를 선택해야만 견뎌낼 수 있었다. 소년은 무감해졌고 그저 그런 것뿐이라 생각하려 애썼다. 지금까지보다 더 큰 불행이 있으리라고 미처 생각지 못할 만큼 소년은 아직 어렸다.

　—네 아빠가 사람을 죽였어.

　소년의 엄마가 소년의 양어깨를 꽉 붙든 채 말했다. 소년의 몸이 오그라들 정도로 강한 악력이었다. 소년과 얼굴을 마주했음에도 엄마의 시선은 전혀 다른 곳을 향해 있었다. 짓무른 눈꺼풀 아래 탁한 빛깔의 눈동자가 흔들렸다. 터진 혈관이 흰자위에 엉겨붙어 붉은 눈동자가 새로 돋아난 것 같았다.

　소년은 몸을 뒤로 물리려 애썼다. 잡힌 어깨가 아팠다. 얼굴에 끼얹듯 쏟아지는 엄마의 숨에서 삭힌 생선 냄새가 났다. 몸을 비트느라, 숨을 참느라 소년은 말의 무게를 미처 깨닫지 못했다.

　—네 아빠가, 사람을……

　—엄마?

　소년의 엄마가 흑, 숨을 몰아쉬었다.

　—결국, 죽였어, 사람을. 그것도 둘씩이나.

164

아파트 안은 사람들로 가득했다. 소년은 차마 위층에 올라가볼 수 없었다. 엘리베이터와 계단을 통해 오르내리는 사람들의 발소리만으로도 심장이 터질 것 같았다. 발소리는 때로 계단을 타고 내려와 소년의 집 현관문을 날카롭게 두드렸다. 소년은 숨을 죽인 채 이불 속에 숨어 있었다.

소년의 엄마는 종일 밖에 있다 새벽이 되어서야 조심스레 문을 열고 집으로 들어왔다. 경찰서와 병원, 변호사 사무실과 구치소까지 소년의 엄마가 가야 할 곳은 너무나 많았다. 소년의 엄마는 팔다리를 축 늘어뜨린 채 소파에 쓰러졌다가 벌떡 일어나 거실을 뱅뱅 돌며 혼잣말을 했다. 아무 곳에나 엎어져 소리치며 울다 해가 뜨기 전 다시 집을 나갔다.

소년은 박제된 것처럼 멈춰 있었다. 터무니없이 무거운 침묵이 소년을 짓눌렀다. 발소리가 들리면 침대 뒤쪽에 쪼그려앉아 숨을 참았다. 너무 세게 움켜쥔 탓에 조잡한 장난감은 세 조각으로 부서졌다. 부서진 단면이 손바닥을 파고들어 길고 깊은 홈이 생겼다. 피는 쉽게 멈추

지 않았다. 상처 주변이 노랗게 곪았다가 다시 터져 진물
을 쏟아냈다. 소년은 그것을 내버려두었다. 새로운 진물
과 새로운 딱지가 상처를 뒤덮을 때까지 그저 멈춰 있었
다. 언제쯤 엄마가 자신에게 백지를 들이밀까 생각할 때
도 있었다. 아버지를 용서해주세요. 그것은 우연히 벌어
진 일입니다. 아버지는 좋은 사람이에요. 또 그렇게 쓸
수 있을까.

　소년은 머릿속 백지를 잘게 찢었다.
　상상의 손으로도 붙잡을 수 없을 때까지 갈기갈기 찢
었다.

　아버지는 좋은 사람이 아니었다. 우연히, 실수로, 어쩌
다 그런 것도 아니었다. 이번만큼은 용서를 구걸하고 싶
지 않았다. 할 수 없었다. 죽어버린 사람이, 이미 죽어버
린 사람들이 있었다. 더 살아야 했으나, 더 살고 싶었을
것이나, 죽어야 할 이유라곤 어디에도 없었으나, 그토록
비참한 형태의 죽음은 한 번도 상상해본 적 없었을 것이
나 최악의 방식으로 죽어야만 했던 사람들. 바둑돌을 잘

그락거리거나 기껏해야 군밤 껍질이나 깨뜨릴 줄 아는 무해한 손을 가졌던 사람들. 그리고,

부드럽게 부푼 은색 구름. 낡은 만큼 쉽게 온기가 배던 담요. 나란히 맞닿아 있던 어깨와 숨쉴 때마다 가만히 일 렁이던 노란 불빛. 너는 아직 어리잖니, 하며 입에 넣어 주던 달고 따뜻한 음식들. 소년에게서 사라져버린 이 모 든 것들.

계란 모양 초콜릿처럼 소년은 몸을 둥글게, 최대한 작 게 웅크렸다. 습기 찬 울음소리를 자신만이 들을 수 있도 록. 빼곡히 들어찬 슬픔이 잘각잘각 몸을 뒤채는 소리를 소년만이 들을 수 있도록.

3부

슬픔을 삼키는 남자

—아저씨는 신인가요?

그렇게 묻던 누나의 목소리가 지금도 생생하다. 이전에도 이후에도 나는 그토록 간절하고 멍청한 목소리를 들어본 적이 없다.

남자는 짙은 녹색 코트를 입고 있었다. 채도가 낮아 무거운 느낌을 주는 코트였다. 낮 기온이 34도까지 치솟는 7월 말에 코트라니. 그러나 남자는 땀 한 방울 흘리지 않은 얼굴이었다. 나는 그런 남자에게서 눈을 떼지 못했다. 한여름 밤과 장례식장. 남자가 둘 중 어느 쪽과도 무관해

보인 탓이었다.

　—아저씨는 신이죠? 제 고통을 없애주러 오신 거죠?

　사람들 눈을 피해 속삭이듯 숨쉬던 누나가 왜 그런 소리를 하는지 알 수 없었다. 누나는 남자에게 바짝 다가서며 다시 물었다. 저를 도와주실 건가요? 녹색 코트에 뺨을 문지를 수 있을 만큼 가까운 거리였다. 남자가 고개를 돌려 빈소를 바라보았다. 제단을 온통 휘감은 국화꽃과 두 줄로 곧게 피어오르는 향, 그리고 영정 사진. 남자의 시선이 조부 얼굴에 오래 머물렀다.

　빈소는 비어 있었다. 마지막 미사를 위해 어른들은 모두 장례식장 이층으로 올라갔다. 접객 공간에는 먹다 만 육개장과 편육, 꿀떡과 맥주병 같은 것이 널려 있었다. 험하게 가신 분들이니 미사라도 성대히 치러야지. 고개를 주억거리며 일어서는 조문객들을 누나와 나는 빈소에 딸린 쪽방 안에서 문틈으로 지켜보았다.

　조문객이 전부 사라진 뒤에야 우리는 영정 앞에 설 수 있었다.

　누나가 쭈뼛거리며 제단 가까이 다가갔다. 조부모 얼

굴은 똑같은 높이에서 박제되어 있었다. 가늘게 뜬 눈과 꾹 다문 입술이 지나치게 근엄해 보였다. 영정 사진 속 얼굴은 우리의 기억 속 누구와도 닮지 않았다. 나는 은백색 수저처럼 보이던 조모의 뒷모습을 떠올렸다. 둥실둥실 떠오른 머리칼이 깜짝 놀랄 정도로 뻣뻣해 만질 때마다 놀라웠다. 누나는 바둑돌을 잘각거리는 조부 옆에 붙어앉아 점을 세곤 했다. 조부의 얼굴에 난 점을 손가락으로 꼭꼭 찍으며 할아버지, 할아버지는 여기에도 바둑돌이 있어, 그렇게 놀려댔다. 그러나 사진 속 조부의 얼굴에서 검은 점들은 깨끗이 지워져 있었다. 조모의 은백색 머리칼은 잿빛에 가까웠다.

누나가 항아리에서 국화 한 송이를 꺼냈다. 그리고 국화를 단 위에 올리는 대신 꽃잎을 뜯기 시작했다. 희고 긴 꽃잎이 금세 무릎 위에 소복해졌다. 나는 문턱을 넘어 음식들이 널려 있는 상으로 갔다. 누군가 나무젓가락을 올려놓은 접시를 끌어다 맨손으로 떡을 집어먹었다. 분홍 꿀떡을 삼키고 사이다를 마셨다. 노란색 초록색 꿀떡을 연이어 삼켰다. 미지근한 단맛이 입안 가득 찼다. 설

탕 알갱이 같은 것이 어금니 근처에서 굴러다녔다. 껄끄
럽고 찝찝했으며, 아무리 사이다를 마셔도 이물감이 사
라지지 않았다.

남자를 발견한 것은 떡 한 접시를 다 비운 뒤였다. 어
른들은 아직 내려올 기미가 없었다. 나는 쪽방으로 돌아
가려다 그를 보았다. 짙은 녹색 코트 차림의 남자가 빈소
입구에 누나와 함께 서 있었다. 깡말랐고, 어딘가 나무뿌
리를 연상시키는 사람이었다. 길고 건조한 얼굴이 재채
기를 참는 사람처럼 일그러져 있었다. 서른 살로도 마흔
살로도 보이는 얼굴이었다. 나무껍질 같은 손만 봐서는
쉰 살도 넘어 보였다. 남자는 몸을 구부려 누나를 보고
있었는데 남자와 마주한 누나 얼굴이 이상하리만치 절박
했다.

—난 신이 아니야.

남자가 말했다.

—신이라고 해도 고통을 없애줄 순 없단다.

—그럼 아저씬 누구예요?

—슬픔을 지워주는 사람.

─슬픔도 괜찮아요. 저는 아주 많이 괴롭고…… 아주 많이 슬프니까.

　누나가 남자의 코트 자락을 움켜쥐었다. 아주 작은 손이었다. 고작 수 걸음 떨어져 있을 뿐인데 그들이 아득히 멀게 느껴졌다. 눈앞이 흐려 나는 몇 번이고 눈을 비볐다.

　─슬픔은 뿌리가 깊단다. 그래도 지우고 싶니?

　누나가 고개를 끄덕였다.

　남자의 손이 누나에게 향했다. 찰랑. 얇고 가벼운 청동 조각 같은 것이 서로 부딪는 소리가 났다. 멈춰 있을 때는 들리지 않던 소리였다. 남자가 팔을 뻗어 누나 얼굴에 손바닥을 얹기까지 차륵차륵 찰랑찰랑 작은 소리들이 따라붙었다. 남자는 눈물이 지저분하게 번진 누나의 얼굴을 숨기듯 손바닥으로 덮었다. 그리고 천천히, 아주 천천히 쓰다듬기 시작했다.

　그것은 기이한 광경이었다. 남자는 조문을 왔던 사람들 중 누구와도 닮지 않았다. 그는 애도하는 사람이라기보다 무언가가 어긋난 사람처럼 보였다. 계절이나 시간, 감정이나 감각 같은 것이 비틀린 사람. 남자를 더 낯설게 만드는 건 몸에서 나는 작은 소리와 그에게서 번져나오는 무거운 정적이었다. 홀로 다른 중력 속에 존재하는 것처럼 그의 주변은 공기마저 무거웠다.

녹색 코트의 남자가 얼굴을 쓰다듬는 동안 누나는 점점 고요해졌다. 눈물이 맺고 찌푸려져 있던 미간이 평온해지고 그렇게 한없이 고요해지다가 깜빡,

불이 꺼지듯 누나가 사라졌다.

나는 비명을 질렀다. 남자의 손바닥 아래 투명하게 사라졌던 누나가 불이 켜지듯 깜빡, 하고 되돌아온 건 순식간이었다. 나는 황급히 뛰어들어 남자를 떠밀었다. 밀쳐진 남자의 몸에서 챙강챙강 무언가가 부딪히고 깨지는 소리가 요란하게 울렸다. 누나! 양손으로 붙잡은 누나의 몸이 얼음처럼 찼다. 남자가 끈질기게 쓰다듬었던 눈과 뺨 위쪽이 여전히 투명했다. 힘껏 흔들자 누나가 꿈속을 헤매듯 작은 신음소리를 냈다.

미사를 끝낸 사람들이 내려올 때까지 나는 누나에게 매달려 있었다. 누나의 지워진 눈과 뺨은 아주 느리게 되돌아왔다. 눈동자가 둥근 형체를 잡아가고 눈꺼풀이 생

겨나는 모습을 나는 공포에 질린 채 지켜보았다. 먹물이 번지듯 눈동자가 까맣게 물든 다음에야 누나는 비로소 눈을 깜빡였다. 그러고는 내게 물었다. 왜 그래? 무슨 일이야?

— 왜 그래? 무슨 일이니?

빈소에 들어서던 엄마도 나를 향해 물었다. 그제야 나는 우리가 슬리퍼들이 널브러진 맨바닥에 주저앉아 있었음을 깨달았다. 엄마 뒤로 새까만 옷깃을 펄럭이며 사람들이 내려오고 있었다. 하얗고 노란 얼굴들이 얼핏 보기에도 수십은 될 듯했다.

나는 누나를 끌고 빈소 옆 쪽방으로 뛰어들었다. 호기심어린 시선과 혀 차는 소리가 순식간에 따라붙었다. 애들이 저렇게 천방지축이니, 세상에, 그럴 만도 하지.

집으로 돌아온 누나는 자꾸 넘어졌다. 발밑에 있는 물건을 보지 못하거나 사물의 높낮이를 구분하지 못했다. 벽에 부딪히고 테이블 위에 놓인 작은 물건들을 떨어뜨렸다. 누나가 밥을 먹다가 연거푸 그릇을 깨자 엄마는 누나를 데리고 안과에 갔다. 왼쪽 눈 시력이 뚝 떨어졌다고, 무슨 일이 생긴 건지 모르겠다고 엄마가 말했다. 나는 그것이 남자가 누나의 눈을 지워버렸기 때문이라 생각했다. 그러나 누나는 녹색 코트의 남자도, 남자가 자신을 지워버렸단 사실도 전혀 기억하지 못했다.

*

　—누나 정말 기억 안 나? 그때, 장례식장에 왔던 녹색 코트 입은 남자 말이야.

　—아, 그거.

　누나가 고개를 저었다.

　—그건 네가 착각한 거였잖아.

　—착각?

　—할아버지가 쓴 동화 속 얘기랑 현실을 착각한 거였지. 그땐 어렸으니까.

　누나가 늙은 개 앞에 공을 내려놓았다. 붉은 털실로 짠 작은 공이었다.

　개는 목이 긴 항아리가 되어 냉장고 옆에 자리잡은 참이었다. 개가 누나 집 주방까지 들어온 건 처음이었다.

이리 들어와. 개는 현관에 주저앉으려다 말고 누나를 바라보았다. 이리 오렴, 개야. 누나가 다시 부르자 개는 약간 고심하는 듯 홀쭉한 머리통을 느리게 내저었다. 그러고는 천천히 앞다리를 뻗어 문턱을 넘었다. 주방으로 들어온 개는 작게 흐느낀 뒤 항아리가 되었다. 누나가 항아리 주둥이께를 조심스레 쓰다듬다 내게 물었다.

　─그래서 그 남자는 어떻게 됐어?

　─녹색 코트?

　─아니, 칠면조.

　나는 이마 끝까지 새빨갛게 익어 있던 칠면조를 떠올렸다. 호기롭게 달려들던 칠면조의 얼굴이 급격히 변해가는 장면도. 그날 남자를 쓰러뜨린 뒤 멱살을 움켜쥔 칠면조는 얼굴 가득 당혹스러운 표정을 지었다. 이게 김선오라고? 칠면조가 나를 돌아보며 물었다. 이게? 이 아저씨가?

　─사람을 잘못 본 모양이야.

　─왜?

　─너무 늦었대.

세상에. 누나가 희미하게 웃었다.

칠면조는 남자의 얼굴을 이리저리 뜯어보았다. 김선
온데? 분명 김선오 맞는데? 칠면조가 기억하는 김선오의
어느 부분과 남자가 일치하는 모양인지 칠면조는 남자를
오랫동안 붙들고 있었다. 이마를 까보고 얼굴을 이리저
리 돌렸다. 한순간 결심한 듯 이를 악물더니 남자의 귀밑
을 잡아당기기 시작했다. 가면이라도 벗겨보려는 듯이.
손자국이 남을 정도로 강한 힘이었다. 남자는 얇은 신음
한번 내지 않았다.

왜 늙어버린 거야?

바닥에 주저앉은 칠면조가 중얼거렸다. 터무니없는 소
리였으나 남자는 별다른 말 없이 자리에서 일어났다. 칠
면조가 누구인지, 자신에게 왜 이러는지조차 묻지 않았
다. 남자는 무심한 얼굴로 칠면조의 정수리를 내려다보
았다. 남자의 코트 자락에서 흙먼지가 일었다. 멀찍이서
구경하던 사람들이 다 흩어진 뒤에야 남자는 걸음을 옮
겼다. 내게서 비껴난 방향이었지만 시선은 정확히 나를
향해 있었다.

넉 달 가까이 기다려온 순간이었다. 남자에게 늙은 개와 남은 돈을 돌려주면 모든 게 끝났다. 나는 다시 이전으로, 늙은 개가 없고 산책할 필요도 없으며 익명 속에 숨을 수 있는 이전의 삶으로 돌아갈 수 있었다.

그럼에도 나는 망설였다. 남자가 걸음을 뗄 때마다 내 몸을 감싸고 있는 얇은 막이 함부로 뜯겨나가는 기분이었다. 껄끄러움과 노골적인 거북함이 나를 옥죄었다. 넉 달 전보다 한층 더 늙어 있는 남자의 얼굴 때문인지도 몰랐다. 나뭇등걸에 새겨진 나이테처럼 남자의 얼굴에는 깊고 둥근 주름들이 가득했다.

서너 걸음 떨어진 곳에서 남자가 걸음을 멈췄다. 얇고 단단한 것이 부딪는 소리가 남자의 손목 근처에서 울렸다. 나는 몸을 뒤로 물렸다. 쇠줄에 둘둘 감아놓은 반창고가 땀으로 축축해졌다. 늙은 개가 몸을 일으킨 것은 그때였다. 쇠줄이 느리게 출렁이며 개를 따라 움직였다.

개는 남자를 빤히 바라볼 뿐 다가가지 않았다. 남자 역시 개를 부르지 않았다. 오른 뒷다리를 허공에 쭉 뻗었다가 끌어당겨 땅을 딛는 개의 모습을 남자와 내가 바라보왔다. 개가 길쭉한 머리통을 주억거렸다.

개는 몸을 돌려 걷기 시작했다. 개가 먼저 광장을 벗어
나는 건 드문 일이었다. 머리를 휘젓지도 허정대지도 않
았다. 나는 개를 따라 횡단보도를 건너고 담벼락 밑을 걸
어 큰길로 나갔다. 우리는 이전에 만난 적이 있습니다.
남자의 말이 갈고리처럼 귓가에 매달렸다. 남자에게 많
은 걸 묻고 더 많은 답을 들어야 했다는 생각이 들었다.
최소한 이 개를 어떻게 할 건지라도 물었어야 했다. 그러
나 생각뿐이었다. 사실 나는 아무것도 알고 싶지 않았다.
지금까지 그래왔던 것처럼.

서둘러 개를 쫓았다. 날이 흐려 길 위의 그림자들이 지
워져 있었다. 아니, 세상이 온통 그림자들로 뒤덮여 있는
것 같기도 했다. 늙은 개는 경계선 없는 그림자 속을 한
번도 헤매지 않고 걸었다.

―앞으로 어쩔 셈이야?

누나가 물었다. 앞으로라니. 그런 건 생각해보지 않았
다. 개가 걸었고, 개를 따라 걷다보니 누나 집에 도착했
을 뿐이었다. 나는 냉장고 옆에 길쭉하게 멈춰 있는 항아

리를 건너다보았다.

—키워야 하나.

—네 원룸에서?

아. 나는 답을 망설였다. 원룸은 좁고 눅눅했다. 바깥
보다 늘 덥거나 추웠다. 얇은 벽 너머에서 온갖 냄새와
소리가 새어들어왔다. 그건 내 집에서 나는 소리도 마찬
가지였다. 어스름이 깔리면 틀림없이 우는 늙은 개를 원
룸에 두는 건 불가능했다. 옆방 사람이 백한번째 이력서
를 쓰기 시작했다면 더더욱 그랬다.

—여긴 방이 두 개야.

누나가 말했다.

—방음도 잘돼.

항아리가 코를 훌쩍였다. 사물일 때는 숨소리조차 내
지 않는데 별일이었다. 하루종일 별일이 너무 많아 머리
가 아플 지경이었다. 남자에게서 도망치다시피 돌아왔고
통장엔 여전히 돈이 많았다. 원룸은 그럭저럭 견딜 만한
곳이었으나 개에게 적합한 공간은 아니었다. 그래, 개.
늙고 커다란 개가 내게 있었다. 어떻게 해야 하나. 머리
를 긁적이는데 손끝에 뭔가가 걸려 나왔다. 동그랗게 몸

을 움츠린 얼룩이었다.

　얼룩이 다시 나타난 건 누나 집으로 오는 도중이었다. 개를 따라 걷다보니 익숙한 풍경이 펼쳐졌다. 잠깐씩 해가 드러날 때마다 개 그림자가 나타났다 사라졌다. 높은 담벼락이 앙상한 개를 삼켰다 뱉었다 하는 것 같았다. 나는 내 그림자를 살펴보려 뒤를 돌았다. 나를 삼키는 건 아무것도 없었다. 대신 화원 하나가 눈에 띄었다.

　몇 번이나 오간 길이었는데 화원을 발견한 건 처음이었다. 나는 화원 앞에 설치된 진열대를 구경했다. 손바닥만한 선인장 화분이 수십 개 늘어서 있었다. 열매처럼 동그란 선인장은 크기와 색이 찍어낸 것처럼 똑같았다. 무엇도 공격할 수 없을 것 같은 작은 가시들이 빼곡히 돋아 있었다. 쓸모없는 것. 가볍고 길쭉하고 없으면 없는 대로 살아지는 것. 그저 장식에 가까운 부드러운 직선들.

　남자는 누나에 대해 무슨 말을 하려고 했을까. 노랗고 고슬고슬한 선인장 가시를 어루만지며 나는 고민했다. 당신의 누나는, 이라고 남자는 말했다. 뒤에 따라붙을 말은 질문과 경고, 선언과 유예 중 어느 것이었을까. 거기까지 떠올렸을 때 옷소매에서 얼룩이 툭 떨어졌다.

나는 서둘러 그것을 집어들었다. 선인장 가시가 얼룩의 몸통에 박히진 않았는지 살폈다. 얼룩은 까맣고 몽글몽글했다. 뜯기거나 튀어나온 부분은 없었다. 선인장 가시 역시 구부러진 곳 없이 평온했다. 나는 얼룩을 바지 주머니에 잘 챙겨넣었다. 차양 밑에서 물뿌리개가 되어 있던 늙은 개가 슬그머니 내 곁으로 돌아왔다.

나는 얼룩을 잡아 손바닥 위에 올려놓았다. 내가 잊고 있는 동안 주머니에서 빠져나와 몸을 타고 기어오른 모양이었다. 아직도 구물대고 있는 얼룩의 등(이라고 부를 수 있다면)에 작은 흙 알갱이가 묻어 있었다. 선인장 화분에서 묻어왔을 그것을 손끝으로 떼어냈다. 생각해보니 이상한 일이었다. 얼룩을 뭐하러 챙겨왔을까. 선인장 화분 속에 묻어버려도 됐을 텐데. 어떻게 대하든 이것은 틀림없이 내게 돌아와 매달리고 늘어지고 짐짓 억울한 표정으로 나를 올려다보며 채근할 텐데.

나는 손바닥 위 얼룩을 이리저리 굴려보았다. 어쩐지 얼룩이 조금 작아진 듯했다. 피부에 닿는 얼룩의 단면은

여전히 서늘했지만 미묘하게 푸석푸석했다. 손바닥을 펼
치자 얼룩은 맥없이 바닥으로 떨어졌다. 점성이 사라진
얼룩이 낙엽처럼 뒹구는 모습을 늙은 개가 무심히 바라
보았다.

또다른 기억

한여름 밤의 장례식장. 텅 비어 있다고 생각했던 빈소에는 사실 한 사람이 더 있었다. 조모의 영정 사진 앞에 국화 한 송이를 올려놓은 소년. 바닥에 엎드린 채 아주 오랫동안 멈춰 있던 교복 차림의 소년이었다.

처음에 소년은 화환 뒤에 숨어 있었다. 미사를 위해 조문객들이 전부 빠져나갈 때까지 길고 마른 몸을 숨기고 주위를 살폈다. 제단에서 물러선 누나가 신발장 옆에 몸을 작게 웅크려 앉을 때까지 소년은 기다렸다. 나는 분홍 노랑 꿀떡을 삼키다 소년이 빈소 안으로 들어서는 모습을 보았다.

소년은 후줄근한 교복을 입고 있었다. 넥타이를 끝까지 올려매고 소매가 긴 재킷 단추를 전부 잠근 채였다. 재킷의 품이 소년에게 얼추 맞았음에도 어딘가 겉도는 느낌이었다. 소년이 절을 하느라 바닥에 엎드리자 새빨간 맨발바닥이 드러났다. 엉성한 꼴로 등을 구부린 소년은 내가 꿀떡을 다 먹을 때까지도 일어나지 않았다. 조문을 왔다기보다 용서를 빌러 온 사람처럼 보였다. 용서해줄 이가 아무도 없는 곳에서 그저 거듭해 용서를 빌 뿐인 사람처럼 소년은 납작하고 무력했다.

그 소년 역시 남자를 보았을 것이다. 짙은 녹색 코트를 입은 수상쩍은 남자를. 남자가 누나를 쓰다듬던 순간도, 깜빡 사라졌다 나타난 누나가 가까스로 숨을 몰아쉬던 장면도 소년은 전부 보았을 것이다. 그런데 왜? 오랫동안 잊고 있었던 질문이 다시금 떠올랐다. 내가 겁에 질린 채 누나를 끌어안고 있던 순간에, 누나의 눈이 둥글게 형체를 맺고 새로 돋아난 눈꺼풀이 눈동자를 덮던 바로 그 순간에 소년이 한 행동이 도무지 이해되지 않아서였다.

소년은 빈소에서 뛰쳐나와 남자를 붙잡았다. 그의 맨발은 발바닥뿐 아니라 발가락까지 새빨갰다. 방금 전까지만 해도 남자의 몸안에서 찰랑이던 얇은 소리가 절걱절걱 절그덕철그럭 무겁고 불길한 소리로 바뀌어 있었다. 소년이 남자의 팔에 매달리는 순간 소리는 더욱 커졌다.

— 아주 많이 슬픈 사람을 알아요.

남자가 소년을, 정확히는 소년의 맨발을 바라보았다.

— 그게 누군데?

— 우리 엄마요.

소년이 작게 헐떡였다.

— 우리 엄마 슬픔도 지워줄 수 있나요?

— 슬픔은 뿌리가 깊단다. 그래도 지우고 싶니?

남자가 턱짓으로 누나를 가리키는 것 같았다. 소년이 누나를, 그리고 누나를 꽉 끌어안고 있는 나를 돌아보았다.

남자는 누나에게 그랬듯 마주선 소년의 양어깨를 붙잡았다. 남자의 목소리는 작고 낮았으나 어째서인지 내 귀 바로 옆에서 말하는 것처럼 또렷하게 들렸다.

— 슬픔을 지우는 데는 대가가 필요해.

—돈이 많이 드나요?

—대가는 그런 게 아니란다.

남자는 소년을 쓰다듬지 않았다. 소년을 향해 구부리고 있던 상체를 곧게 편 뒤 소년의 얼굴을 마주보았다. 소년은 누나만큼이나 절박한 표정을 짓고 있었으나 멍청해 보이진 않았다.

—네게도 슬픔이 가득하구나. 엄마의 슬픔은 엄마더러 알아서 하라고 하렴. 어른이니까 그쯤은 할 수 있겠지. 대신 네 슬픔을 지워주마.

—나는 안 돼요.

소년이 말했다.

—사과해야 하니까 나는 안 돼요.

—사과? 누구에게?

—할머니에게도 저애들에게도, 할아버지랑 아줌마 아저씨에게도, 모두에게 사과해야 해요. 그러니까 내 건 지울 수 없어요.

새로운 조문객이 왔는지 어디선가 울음소리가 들렸다. 얇은 벽으로 나뉜 애도의 공간을 바삐 건너다니는 소리들은 죄다 불길하고 우울했다. 이곳에 있는 한 어떤 종류의 슬픔도 끝날 것 같지 않았다. 이제 그만 집에 가고 싶었다. 쿰쿰한 땀냄새가 나는 이불 속에 나를 파묻고 싶었다.

누나가 작은 신음소리를 내며 눈을 떴다. 아직 다 돌아오지 못한 눈꺼풀이 투명하게 떨렸다. 왜 그래? 무슨 일이야? 누나가 자신을 꽉 끌어안고 있는 나를 살피며 물었다.

—그럼 너, 나와 가자.

남자가 소년에게 손을 내밀었다.

나는 두려움으로 가득찼다. 소년이 녹색 코트를 입은 남자의 손을 잡고, 여전히 맨발인 채로 통로를 걸어나가는 동안 나는 누나의 머리를 숨기듯 품안에 밀어넣었다. 그들이 누나를 발견하지 못하도록, 나와 가자, 라며 누나에게 손 내밀지 못하도록 나는 누나를 숨기는 데에만 급급했다. 누나는 왜 그러냐고 거듭 물었지만 나를 밀쳐내진 않았다. 오히려 나를 마주 끌어안아 내 등에 팔을 두른 뒤 작게 토닥이기 시작했다. 괜찮아, 괜찮으니까……

남자와 함께 걷던 교복 차림의 소년이 뒤를 돌아보았다. 나는 누나를 끌어안은 채로 멀리서 움직이는 소년의 입 모양을 헤아렸다.

미안해.

소년은 그렇게 말한 뒤 녹색 코트의 남자와 함께 사라졌다.

─우리는 이전에 만난 적이 있습니다.

내게 개를 맡긴 남자는 그렇게 말했었다.

그랬다. 나는 남자와 만난 적이 있었다. 지금보다 훨씬 어리고 훨씬 나약한 모습의 남자를. 조부모의 장례식장에서, 빈소에서 아주 오랫동안 등을 구부리고 있던 소년, 새빨간 맨발로 조모 앞에 엎드려 울던 소년, 녹색 코트를 입은 남자의 손을 잡고 사라져버린 소년이 바로 그였다.

뛰는 사람

어린 시절에 대해 나는 최대한 모르는 척하며 살아왔다. 과거를 잊는 건 흔한 일이었다. 유년기의 기억은 대부분 하찮았다. 유아차와 뻑뻑이 신발, 씽씽이를 거쳐 두발자전거로 이어지는 당연한 계보를 캐묻는 사람도 없었다. 학창시절은 모두가 엇비슷했고 부모는 친절하거나 혹독했다. 사는 지역을 옮기고 세 차례쯤 전학한 뒤 누나와 나를 감싼 소문은 흐릿해졌다. 몇 년이 지나자 꼬리표는 우리 마음속에만 남았다.

그래, 그 마음속이 문제였다. 조부모에 대한 기억이나 그들과 함께한 날들에 대해 누나와 나는 제대로 얘기해

본 적이 없었다. 어린 시절을 떠올리면 괴롭고 수치스러워 숨을 쉴 수가 없었다. 누나와 나의 어설픔과 해맑음이 저주스러웠다. 주위 사람들이 알든 모르든 우리는 바로 그애들이었다. 그 사실만은 아무리 시간이 흘러도 변하지 않았다.

우리는 무엇을 했나.

기억이 돌아온 뒤 나는 종일 그런 것들을 떠올렸다. 바로 그애들이었던 우리는 무엇을 했나. 그애들이 아닌 척 살았나. 아니, 우리는 그애들임을 인정하고 살았다. 스스로를 비웃고 조롱하며 살았다. 서로에 대한 비난을 멈추지 않으려 필사적으로 마주한 채 살았다. 왜? 그것이 더 편했기 때문에. 우리를 헐뜯고 학대하는 게 우리를 헐뜯는 자들로부터 우리를 지키는 일보다 쉬웠기 때문에. 방어하는 것보다 방치하는 게 훨씬 수월했기 때문에.

사람들은 가장 쉽고 익숙한 말로 우리를 달랬다. 네 잘못이 아니야. 너희들 잘못이 아니야. 그래, 그럴 수도 있었다. 그럼 누구의 잘못인데? 아랫집 미친놈의 잘못이지.

그 사람은 왜 미쳤는데? 층간 소음 때문에. 그 소음을 일으킨 건 우리인데? 이래도 우리 잘못이 아니야?

누나와 나는 보란듯이 그런 말들을 주고받았다. 최선을 다해 서로를 멸시하고 비난하며 전심을 다해 비아냥댔다. 누군가는 반드시 잘못했어야 했으니까. 우리 잘못이 아니라고 증명해주는 것은 어디에도 없었지만 우리가 범인이라는 기록은 사방에 널려 있었다.

─우리는 사람을 죽였어. 그것도 둘이나.

때론 자조 섞인 인정이 우리를 살게 했다. 우리는 수치스러워서 살아냈고 부끄러워서 이겨냈다. 사람을 둘이나 죽여놓고 무슨 염치로 나를 또 죽여. 그런 식의 다짐만이 우리의 내일을 보장했다.

친구 비슷한 것이 생기는 날도 있었다. 조잘거리는 입, 쉽게 주눅들고 그만큼 쉽게 의기양양해지는 어깨, 뒤따르는 무리를 돌아보느라 한껏 틀어진 목, 조심성 없는 걸음걸이, 과장된 억양과 허세 섞인 이야기. 그래, 끊임없이 서로를 떠보던 거짓투성이인 이야기들.

─크리스마스 때였어. 교회 크리스마스트리를 꾸미는

데 꼭대기에 있는 별을 내가 올리기로 했거든. 로비에 있던 것보다 훨씬 더 긴 사다리가 필요했어. 창고에서 아주 긴 사다리를 끌어내 끙끙대고 로비로 갔더니 별이 벌써 달려 있는 거야. 집사님이, 마침 거기 있던 사다리를 타고도 팔이 닿았다고, 팔이 닿으니 별을 올릴 수밖에 없지 않겠냐고 말하더라고.

—팔이 긴 집사님이었구나.

—가만둘 수 없어서 낙서를 했어.

—어디다가?

—나무 구유 속 아기 예수한테.

—세상에. 금세 걸렸지?

—아기 예수 엉덩이에 몽고반점을 그려넣었거든, 새까맣게. 근데 아기 예수는 누더기로 몸을 감싸고 있잖아? 끝까지 안 걸렸어.

아이들이 낄낄대고 웃었다. 몽골로이드 예수님이네. 너는? 너는 뭘 했어? 네가 해낸 가장 끔찍한 일이 뭐야?

—나는 사람을 죽였어.

크하하. 누군가 고꾸라지듯 허리를 숙이며 웃었다. 뭔 헛소리야. 그럼 난 포세이돈을 죽였다. 도끼로 쪼개 죽였어. 웃음거리가 되는 것만으로 말의 무게는 쉽게 사라졌다. 나는 누더기로 몸을 싸매고 더 큰 소리로 웃었다.

누나는 검정고시로 중고등학교를 졸업했다. 나는 중고등학교 모두 개근상을 받으며 다녔다. 죄를 고백할 때도 숨길 때도 있었지만 결과는 같았다. 죄를 숨긴 날에는 누나를 찾아가 내가 한 짓을 고백했다.

—우리가 아니면 누구란 말야?

누나가 피로한 얼굴로 내게 물었다. 차갑게 식은 이마를 내 이마에 맞댈 때도 있었다. 잊으면 안 돼. 우리는 사람을 죽였어. 그것도 둘이나. 노크하듯 내 정수리를 두드리며 누나가 말했다.

—가장 끔찍한 게 뭔지 알아?

—뭔데?

—그 사람들이, 우리가 아주 잘 아는 사람들이었다는 거야.

심지어 사랑했지. 그렇게 말하고 누나는 입을 다물었다.

누나가 방에서 나오는 일은 거의 없었다. 밥을 먹거나

화장실에 갈 때 외에는 대부분 책상에 앉아 있었다. 인터넷 강의를 듣고 문제를 풀었다. 노트에 빼곡히 무언가를 적거나 책을 읽었다. 가끔 색종이로 구두나 공, 의자 같은 걸 접기도 했다. 다 접은 뒤엔 도로 펴서 두꺼운 책 아래 눌러두었다. 접었던 부분이 하얗게 바래 무수한 직선으로 뒤덮인 색종이들. 누나 방 어느 곳에든 그것들이 있었다. 아무것도 아니게 된 금간 얼굴의 색종이들이.

엄마는 늘 누나를 걱정했다. 누나가 뛰기는커녕 잘 걷지도 않는다는 사실을, 말을 잘 하지 않고 잠잘 때 방문을 잠그고 잔다는 사실을, 너무 많은 문제들을 풀고 있다는 사실을 걱정했다.

—너는 잘 해내고 있어서 다행이야.

짐짓 칭찬하듯 내게 말을 건네기도 했다. 엄마 말대로라면 내겐 아무 문제도 없었다. 나는 누나처럼 많은 시험을 치르고 싶지 않았다. 그래서 나는 매일 학교에 갔다.

학교에 가기만 하면, 교실에 앉아만 있으면 졸업장이 나왔다. 시험 성적과 상관없이 그냥 거기 있었다는 사실만으로 나는 중졸이 되고 고졸이 되었다. 나는 짧거나 긴 머리로, 두껍거나 얇은 교복으로 계절을 넘었다. 누구보다 일찍 학교에 가서 플라스틱 쓰레기통처럼 교실 뒤편에 앉아 있었다. 아무도 여닫지 않는 사물함처럼 멈춰 있었다. 씨앗이 몽땅 썩어버린 화분처럼 거기 있었다. 사물이 되어버린 나를 신경쓰는 사람은 아무도 없었다. 나는 그게 좋았다.

　고등학교 삼학년이 되자 엄마는 어쩐지 초조한 기색으로 나를 살폈다. 저애는 왜 또래처럼 넷플릭스나 유튜브를 보지 않고 심야 라디오를 들을까. 누나 방문에 귀를 바짝 붙이고 투덜대던 때와 꼭 같은 얼굴이었다.

　─넌 어느 대학에 가고 싶어? 뭐가 되고 싶니?
　─아무것도.
　─아무데나?
　─아무것도 되고 싶지 않아.
　엄마는 내 말을 못 들은 척했다.
　─네 누나가 대학을 가겠대서 엄만 정말 깜짝 놀랐지 뭐니. 수학과라니, 엄만 여진이가 수학 좋아하는 줄도 몰랐어. 엄만 문과였는데, 네 아빨 닮았나?
　─누난 수학을 좋아하는 게 아니라 문제 푸는 걸 좋아

하는 거야.

　—그래, 그래, 같은 말이지.

　—문제 푸는 동안 사방이 고요해지는 게 좋대. 누나는 수학 문제 내는 사람이 될 거래. 난이도에 맞춰 완벽한 고요를 만들어내는.

　—아무튼 수학과에 가겠다는 거잖아? 어엿한 대학생이 되어서.

　—누나는 고요를 만들어내는 사람이……

　—너는 어디 가고 싶니? 무슨 과?

　뭐가 되고 싶어? 엄마가 다시 물었다. 조금 전 엄마가 묻고 내가 대답했던 질문이었다. 물어본 적 없다는 얼굴로 엄마가 물었으므로 나도 대답한 적 없다는 얼굴로 다시 답했다.

　—나는 아무것도 되고 싶지 않아.

　—그래, 그래, 갑자기 진로를 정하려니 막막하겠지. 대학에 간 다음에 정해도 늦지 않아. 전과도 있고 교차 지원도 있고 복수 전공도, 편입도 있고 다시 수능을 쳐도 좋고 대학원에 가는 것도 좋지. 방법은 얼마든지 있으니까.

　—내 말은 그런 게 아니라,

—아무것도 아닌 대학생이 되면 되잖아?

엄마가 쐐기를 박듯 말했다. 아무 생각 없는 대학생이라도 상관없어. 대학 졸업장은 쓸모가 있으니까.

—무슨 쓸모?

—평범해지잖니. 그럴듯하게 평범해져.

나는 무색무취의 인간이 되고 싶었다. 쓸모 있나 없나 평범한가 아닌가의 구분이 아니라 누구도 쉽게 눈치채지 못하는 유령 같은 사람이 되고 싶었다. 유치한 생각이라는 걸 알면서도 그랬다.

아무것도 아닌 인간이 되기 위해서 나는 수능 시험장에 가지 않았다. 수시 면접날에는 패스트푸드점 주방 보조 면접을 보러 갔다. 엄마는 나를 달래고 윽박지르고 오열하며 호소했다. 그러나 마지막까지 아무것도 아닌 사람이 되고 싶다는 나를 이해하지 못했다.

—그건 결국 같은 말이야, 엄마. 아무것도 아닌 사람은 아무라도 좋을 사람이고, 아무라도 좋을 사람은 결국 평범한 사람이니까.

—말장난을 하자는 게 아냐. 엄만 네 인생에 대한 애

기를 하려는 거라고.

—내 인생 같은 건 없어.

엄마는 나를 한 대 후려치고 싶어하는 얼굴을 했으나 끝까지 참았다. 나 역시 하고 싶은 말을 그대로 삼켰다.

나는 유일하지 않은 일, 고유해지지 않는 일만을 골라 했다. 피자 반죽 위에 블랙 올리브를 뿌리는 일은 아무나 할 수 있었다. PC방에서 키보드와 마우스를 소독하는 일도, 택배 상하차 일도, 공장 컨베이어를 타고 이동하는 텀블러의 로고가 비뚤어지진 않았는지 살피는 일도 누구나 할 수 있었다. 나는 내킬 때 일하고 힘들 때 도망쳤다. 욕설이 박힌 문자가 서너 번 왔으나 끝까지 나를 찾는 곳은 없었다. 무능한 만큼 나는 쉽게 지워졌다.

—죄책감 때문이니.

엄마는 정말로 입에 올리고 싶지 않은 말이었다는 듯 비통한 얼굴로 말했다.

—네가 행복해지면 안 될 것 같아? 그래서 그래?

다음에 나올 말은 뻔했다. 그건 너희들 잘못이 아니었어. 네가 이렇게 사는 걸 할머니 할아버지도 원치 않으실 거야. 그분들께 죄송해서라도 더 열심히 살아야지. 더 힘껏, 더 잘 살아야지.

그러나 엄마의 다음 말은 그런 게 아니었다.

—그 새끼가 우리집을 다 망쳐놨어. 그 개새끼가, 우리 집안을 통째로 박살내놨어. 죽여버릴까. 지금이라도 찾아가서 죽여버릴까.

*

누나는 우뚝 멈춘다.

주위를 살피며 슬그머니, 천천히 멈추는 것이 아니라 압정을 밟은 것처럼 우뚝 멈춘다. 배터리가 나간 것처럼 우뚝 멈춘다. 보이지 않는 손에 목덜미를 붙잡힌 것처럼 우뚝 멈춘다.

멈춘 뒤엔 아무것도 하지 않는다. 숨도 쉬지 않는지 머리칼 한 올 움직이지 않는다. 그런 누나를 나는 본다. 나 역시 아무것도 하지 않은 채 우뚝 멈춰 누나를 본다. 우리는 자주 그렇게 멈춰 있다.

부모는 우리를 비난하지 않는다.

누나가 학교에 가지 않아도 내가 모든 시험에서 최하점을 받아도 책상 가득 컵라면 용기와 페트병을 쌓아놓아도 잠옷과 속옷과 양말을 한꺼번에 뭉쳐 방구석에 늘어놓아도 매일매일 엄마 지갑에서 오천원이 사라져도 부모는 우리를 혼내지 않는다.

누나와 나는 어항 속 물고기처럼 안전하다. 맑고 미지근한 물속에서 은근한 수압에 짓눌려 있다. 부모는 수시로 우리를 돌본다. 목소리가 높아지는 사람을 다른 한쪽이 재빨리 저지하며 우리를 살핀다. 누나와 나는 모든 것을 허가받는다. 모든 말이 수용되고 모든 행동이 용인된다. 우리는 성실한 돌봄과 지나친 배려 속에 있다. 부모는 너무 자주 우리를 위로한다. 너희는 그런 애들이 아니야. 너희가 얼마나 멋진 애들인지 사람들이 모르고 있는 것뿐이야. 엄마랑 아빠는 너희를 믿고 있어. 지금 당장은 힘들겠지만 반드시 이겨낼 수 있을 거야. 우린 얼마든지 기다려줄 수 있단다.

그런 말들 속에서 누나와 나는 삐뚤어진다. 보란듯이 우리의 냄새나는 곳을 펼쳐 보인다. 이것 봐요, 우리는 이렇게 나쁜 애들이에요. 우리가 멋지고 용기 있는 아이들이라면 이렇게 고통스러울 리가 없잖아요? 우리가 괴로운 건 우리가 바로 그애들이기 때문이에요.

누나와 나는 이마를 맞대고 앉아 속닥거린다. 엄마 아빠는 아무것도 몰라. 저들은 거짓말쟁이야. 우리는 그렇게 부모에게서 떨어져나온다.

뛰면 안 돼. 뛰면 안 돼.

우리는 그 말 속에서 영원히 뛴다.

뛰지 않기 위해 누나와 나는 온종일 매 순간 뜀에 대해서만 생각한다. 양발을 동시에 들어올려선 안 된다. 그것은 파렴치한 짓이니까. 몸을 허공으로 날아오르게 해서는 안 된다. 무릎에 힘을 주어 바닥을 딛거나 위로 솟구쳐선 안 된다. 그건 누군가를 죽이는 행위니까. 뛰면 안 돼. 뛰면 안 돼. 그런 생각을, 그런 생각만을 한다.

뛰면 안 돼.

그래. 그러기 위해서 누나와 나는 영원히 뛰는 사람으로 남는다.

*

가족의 자해를 지켜보는 것만큼 끔찍한 일이 있을까.

우리는 그랬다. 서로가 서로의 자해를 지켜보았다. 침묵과 단절, 방치와 무시, 자기 자신을 향한 혹독한 비난과 폭력을 매일같이 지켜보았다.

한밤중에 잠에서 깬 것은 이상한 소란 때문이었다. 그것은 소리 없는 소음, 거칠고 광적인 파동만 존재하는 이상한 소란이었다. 나는 텅 빈 거실을 지나 주방으로 향했다. 거실 벽시계가 새벽 두시를 가리키고 있었다. 창백한 빛을 내뿜는 식탁 등 아래 엄마와 아빠가 있었다.

그들은 어떤 경기를 하고 있는 것처럼 보였다. 침묵 속에서 진행되는 유도나 격투기 같은 것. 두 사람 다 입을 힘껏 다물고 턱을 쳐든 채였다. 어떤 손은 잡아당기고 어떤 손은 밀어냈다. 내가 들은 것은 손과 손이 부딪는 소리, 마른 살갗이 비벼지는 소리, 섬유조직이 뜯기는 소리 같은 것들이었다. 누군가의 손에 바비큐용 포크가 들려 있었다. 시옷자 모양으로 벌어진 날카롭고 긴 날이 부모가 움직일 때마다 허공을 갈랐다. 쉬잇, 소리를 들으며 나는 망연히 서 있었다. 뒤엉킨 팔마다 긁히거나 찔린 상처가 있었다. 쉬잇, 소리와 함께 누군가의 팔뚝에 붉은 선이 그어졌다. 어느 쪽도 소리를 내지 않았다.

격렬한 움직임이 몇 번 더 이어진 뒤 두 사람은 주저앉았다. 줄이 끊긴 것처럼 누가 먼저랄 것도 없이 불현듯. 늘어진 손이 바비큐 포크를 떨어뜨린 뒤에야 그 손의 주인을 알 수 있었다. 아빠가 엄마의 빈손에 자신의 손을 밀어넣었다. 깍지를 껴 포크를 잡을 수 없도록 막았다.

—나 때문이야.

침묵을 깨고 엄마가 말했다.

—내가 애들을 어머님 댁에 맡겼어. 내가 다 망쳐놨어.

—당신 잘못이 아니야. 내가 조금만 더 신경썼더라면.

—나 때문에 애들까지 엉망이 됐어.

—전부 다 내 잘못이야.

부모는 작게, 그러나 끈질기게 서로를 향해 죄를 고백했다. 끌어안고 흐느끼다 몸부림쳤다. 흔들리는 줄도 몰랐던 식탁 등이 제자리에 멈췄는데도 일렁이는 부모의 그림자는 멈추지 않았다.

나는 어둠 속에서 누나 방 문이 열려 있는 것을 보았다. 연약하고 가파른 숨소리가 귀 바로 옆에서 울리는 것 같았다. 누나의 숨소리가 내게 물었다. 우리가 아니면 누구란 말야? 내가 대답했다. 잊으면 안 돼. 우리는 사람을 죽였어. 그것도 둘씩이나.

다른 누구도 아닌 바로 우리가.

수시로 없어지던 오천원에 대해 나는 알고 있다.

부모는 내가 범인일 거라 짐작하고 있었다. 집에 돌아오는 길에 군것질을 하는 거 아닐까. 학교 앞에 가게들이 많잖아. 엄마가 말하자 아빠는 기다렸다는 듯 고개를 끄덕였다. 한창 클 나이니까 많이 먹어야지.

부모는 누나나 나에게 오천원의 행방을 묻지 않았다. 오히려 이곳저곳에 지폐를 놓아두기 시작했다. 화장대 서랍과 거실 수납장, 싱크대 하부 장과 옷장처럼 여닫을 수 있는 모든 곳에 오천원이 놓였다. 한 장이 없어지면 새로 한 장을 채워넣는 식이었다. 집안 곳곳에서 누런 지폐가 버섯처럼 돋아났다. 누나는 그것이 정말 버섯이라도 되는 양 무심히 따가곤 했다.

겨울이었다. 나는 하얀 입김을 쏟아내며 횡단보도에 서 있었다. 한낮이었고 나는 학교에서부터 움켜쥐고 나온 배를 여전히 움켜쥔 채였다. 배가 아파요. 그 말은 마법의 주문처럼 교문을 열어주었다. 나는 적당한 속도로 길을 건넜다.

문 닫힌 상점 앞에 납작한 삽과 빗자루 같은 것들이 놓여 있었다. 폭설이 예고된 지 사흘째였지만 하늘이 맑았다. 찬 바람이 방향을 바꿔가며 불었다. 나는 샛길로 들어선 뒤에야 구겼던 몸을 폈다. 어긋나고 비틀린 길을 따라 건물과 건물 사이를 걸었다. 자동차 정비소와 오래된 연립주택을 지나 편의점과 수학학원, 김밥집과 복권방을 지나 걸었다. 새로 지어진 오층 건물과 주차장이 된 공터를 지나 걸었다. 은행과 가전제품 수리점을 지나 또다른 공터를 막 지나려던 참이었다. 그곳에 누나가 있었다.

아직 아무것도 들어서지 않은 공터에 야외용 트램펄린이 설치된 건 지난봄이었다. 파이프와 철골 몇 개로 급조된 트램펄린은 위태로워 보였으나 실내 놀이터에 있는 것보다 훨씬 커 인기가 좋았다. 아이들은 트램펄린에 걸린 세 칸짜리 사다리에 양말을 묶어두고 순서를 기다렸다. 아래로 푹 꺼졌다 위로 치솟는 아이들이 멀리서도 보일 만큼 매트의 탄성이 좋았다.

트램펄린 옆 비닐 천막에 앉아 있는 늙은 남자가 공터의 주인이었다. 아이들은 늙은 남자에게 십 분 단위로 돈을 내고 트램펄린을 탔다. 늙은 남자는 알람을 맞춰놓고 아이들이 솟구칠 때마다 삼 분 남았다! 일 분 남았다! 하고 외쳤다. 아이들은 돈을 더 내고 트램펄린을 타거나 비닐 천막 안으로 들어가 늙은 남자가 만든 달고나를 사 먹었다.

봄이 지나자 트램펄린을 이용하는 아이들이 급격히 줄어들었다. 그늘막 하나 없이 위가 뻥 뚫린 트램펄린은 날이 조금만 더워도 탈 수 없었다. 비가 내리는 날도 바람이 심하게 부는 날도 탈 수 없었다. 장마가 길었고 가을은 터무니없이 짧았다. 찬바람이 불자 아이들은 뿔뿔이 흩어져 실내로 숨어들었다. 아이들이 오거나 말거나 늙은 남자는 늘 천막 안에 있었다. 별 모양과 하트 모양 틀을 찍어 달고나를 만들었다. 겨울에는 트램펄린은커녕 공터를 지나는 사람 자체가 드물었다. 한파주의보와 함께 폭설 예보가 내려진 날이라면 더더욱 그랬다.

누나는 트램펄린 위에 있었다. 누나의 몸이 있는 힘껏 위로 솟구쳤다. 마른 몸은 허공에 머물 새도 없이 아래로 뚝 떨어졌다. 촘촘하게 직조된 고밀도 매트가 누나를 허공에 내동댕이치듯 튕겨냈다. 누나가 뛸 때마다 후웅후웅 소음이 일었다. 스프링이 내는 둔탁한 소리가 철망과 함께 흔들렸다. 커다란 트램펄린 위에서 누나는 홀로 필사적이었다.

누나는 파란색 학교 체육복 차림이었다. 학교에 다니지도 않는 누나가 왜 굳이 체육복을 챙겨 입고 나왔는지 모를 일이었다. 몇 년 새 훌쩍 자란 누나에게 체육복은 너무 작았다. 손목과 발목이 전부 드러난 줄도 모르고 누나는 맹렬히 뛰었다. 턱을 바짝 들고 위로, 위로 뛰어올랐다. 그러나 아래로 떨어질 때의 누나는 우스꽝스럽기 짝이 없었다. 역도 선수처럼 몸을 낮춘 뒤 두 다리를 넓게 벌린 채 떨어졌다. 개구리 같기도 하고 무게 추를 발목에 단 죄수 같기도 했다.

입술을 꾹 문 채 뛰고 있는 누나를 나는 오래 구경했다.

누나는 솟구치는 것보다 떨어지는 일에 더 진심인 것처럼 보였다. 더 크게, 더 힘껏 떨어지기 위해 최선을 다하는 누나를, 최선을 다해 자신을 메다꽂은 나머지 매트 위로 나동그라지는 누나를, 그럼에도 또 솟구쳤다 떨어지기를 반복하는 누나를 나는 보고 또 보았다.

두두

누나는 물건을 찾고 있었다. 사방을 열고 꺼내고 뒤집는 손길이 분주했다. 누나가 움직일 때마다 주위가 너저분해졌다. 누나 주위뿐 아니라 집안이 전체적으로 어수선한 느낌이었다. 그러고 보니 사물들의 각이 조금씩 틀어져 있었다. 거실 창에 두껍게 드리워져 있던 암막 커튼이 열려 햇빛이 쏟아져 들어왔다. 거대한 비늘처럼 햇빛이 바람을 타고 일렁였다. 그늘이 벗겨진 것만으로 집안의 벽지며 가구가 달라 보였다.

나는 식탁 의자에 앉아 오랫동안 봐왔으나 새삼 낯설어진 풍경을 구경했다. 수평과 수직으로만 이루어져 있던 거실에 둥근 선이 여럿 끼어들어 있었다. 수납장 옆 커다란 쿠션이 눈에 띄었다. 가운데가 둥글게 눌린 두툼한 쿠션은 동물용품점에서 질리게 봐온 것이었다. 냉장고 옆에는 목이 긴 도자기 개밥그릇이, 방문 앞에는 색색깔의 털실 공이 놓여 있었다. 개는 어디 있는지 보이지 않았다.

—잠깐만 기다려.

누나가 말했다. 싱크대 하부 장에 상체를 밀어넣다시피 한 상태라 목소리가 우렁우렁 울렸다. 누나는 하부 장 가장 안쪽에 박힌 물건들을 끄집어냈다. 작은 냄비와 프라이팬 같은 것들이 끌려나왔다.

—이게 왜 여기 들어가 있나 몰라.

누나가 전기밥솥 내솥을 들어올리며 말했다.

누나 집에 온 건 이 주 만이었다.

나는 누나에게 늙은 개를 맡기고 일을 구했다. 어린이 캠프의 스태프 일이었다. 두 달간 운영되는 어린이 캠프에서 나는 안전 교육 천막에 배치됐다. 안전 교육관이 아이들에게 하임리히법을 가르치는 동안 서로의 배를 누르며 장난치는 아이들을 엄한 표정으로 바라보는 것이 내 일이었다. 짝이 없는 아이에게 질식 환자가 되어주기도 했다. 아이들은 제법 혼신의 연기를 펼쳤다. 젤리가 목에 걸렸다며 새빨간 얼굴로 컥컥댔다. 사지를 늘어뜨리고 기절한 흉내를 내기도 했다. 안전 교육관이 휘슬을 불면 아이들은 금세 역할을 바꿨다. 죽어가던 얼굴이 금세 구원자의 얼굴로 바뀌었다. 살아났다! 살려냈어! 아이들은 그렇게 외치길 좋아했다.

친구를 무사히 살려낸 아이들은 불을 껐다. 천막 뒤쪽에 자갈과 모래가 깔린 공터가 있었다. 잘게 쪼갠 합판을 쌓아 불을 붙이면 아이들이 물이 든 소화기로 불을 껐다. 불은 아주 작았으나 연기가 지독했다. 사흘이 지나자 연기 때문에 구청에 민원이 들어갔다. 캠프장은 실제 불 대신 합판에 커다란 불 그림을 그려 세워두었다.

안전 교육관이 아이들에게 소화기 안전핀 뽑는 법을 가르쳤다. 바람을 등지고 호스를 똑바로 잡은 아이들이 일제히 물을 쏘아올리면 뒤에 숨어 있던 내가 합판 지지대를 걷어찼다. 불 그림이 벌렁 나자빠지면 불 끄기 성공이었다.

아이들은 캠프에 하루나 이틀 정도 머물렀다. 반나절 소풍으로 간단한 체험만 한 뒤 돌아가는 아이들도 많았다. 아이들은 전부 작고 부산스러웠다. 내 허벅지께에 간신히 닿는 아이들이 옷자락을 팔랑대며 사방으로 뛰어다녔다. 누구든 이마가 흠뻑 젖어 있었다.

아이들 중 누군가는 손에 든 것을 흘렸고 또다른 누군가는 틀림없이 넘어졌다. 나는 아무것도 없는 곳에서 혼자 넘어졌다가 발딱 일어나 달려가는 아이를 구경했다. 고개를 뒤로 젖힌 채 울어대는 아이를 구경했다. 소란에 비해 매일매일이 평화로웠다. 질식 환자가 되거나 불을 넘어뜨리는 사람이 되는 것도 나쁘지 않다는 생각이 들었다. 아이들은 간혹 나를 선생님이라고 불렀다. 내 옆으로 뛰어와 대뜸 손을 잡는 아이도 있었다. 불 그림 뒤에 숨은 나를 찾아내 물을 쏘아대는 아이도 있었다. 온갖 아이가 있는 그저 평범한 날들이었다.

일은 좀 어때?

개는 좀 어때?

누나와 나는 그런 문자를 주고받았다. 개는 오늘 계란

노른자를 먹었어. 개가 오늘 나뭇잎을 먹었다. 개도 뻥튀기를 먹네. 누나는 대개 개가 먹은 것들을 써서 보냈다. 일은 단순해. 나는 보통 아이들 뒤에 서 있어. 불이 됐다가 물을 세 번이나 맞았어. 나는 그런 말들을 써서 보냈다. 그리고 어제는, 내내 망설이던 말을 누나에게 적어 보냈다.

아이들은 참 잘 뛴다. 누나.

누나는 부지런히 움직였다. 쌀을 씻고 전기밥솥을 연결하고 취사 버튼을 눌렀다. 엄마가 게장을 보내왔어. 나는 고개를 끄덕였다.

늙은 개는 다용도실 문 앞에 앉아 있었다. 깡말랐고, 목과 주둥이와 앞다리와 허리와 아무튼 몸의 모든 부위가 여전히 길었다. 개미핥기처럼 생긴 홀쭉한 머리통을 붕붕 휘젓는 것도 이전과 같았다.

—며칠 전에 닭을 반 마리 삶아서 개랑 나눠 먹었어.

아무 간도 안 하고 삶기만 한 닭, 이라고 누나는 말했다.

—개는 아주 천천히 씹었어. 나도 아주 천천히 먹었지. 그러다 떠올린 거야. 너무 오랫동안, 내가 누구와도

밥을 같이 먹지 않았다는 사실을.

누나는 잠시 숨을 골랐다. 목소리가 이전보다 커져 있었는데, 그러다보니 길게 말하면 금세 숨이 차는 듯했다. 다른 이의 속도를 기다려준다는 건 근사한 일이더라. 뭐가 근사한 건지 모르겠지만 나는 일단 수긍했다. 그러니까 우리. 누나가 다시 숨을 고른 뒤 내게 말했다.

─같이 밥을 먹자.

나는 누나와 닭 반 마리를 나누어 먹은 개를 바라보았다. 며칠 전에는 물에 담가 소금기를 뺀 황태를 먹고, 그저께는 소고기와 고구마로 만든 습식 캔을, 어제는 건조시킨 오리 목뼈를 서너 번 핥았다는 개를 바라보았다. 개의 쫑긋 선 두 귀가 누나가 움직이는 방향으로 조금씩 기울어지는 걸 바라보았다. 굵은 쇠줄 대신 손가락 두께의 빨간 가죽끈이 개 목에 걸려 있었다.

─가끔 엎드려 있기도 해.

─그게 왜?

─얘는 잠도 앉아서 자잖아.

누나 말을 듣고 보니 개가 눕는 걸 본 기억이 없었다.

집에 들어서면 곧장 사물이 되었으니 당연했다. 항아리나 우산꽂이를 뉘어놓는 사람은 없으니까. 그럼에도 희미하게 죄책감이 일었다.

　―밤에는 여전히 울어.

　누나가 개 이마에 손을 짚더니 가만히 쓸어내렸다. 눈을 감기려는 동작 같기도 하고 이마에서 주둥이까지를 연결하는 동작 같기도 했다. 뭐가 그렇게 슬플까. 누나가 말했다. 나는 개의 슬픔 같은 건 궁금하지 않았다. 내가 궁금한 것은 따로 있었다.

　―할아버지 동화책 말이야. 어떻게 끝났는지 누나 기억나?

　―동화책?

　―마지막엔 슬픔을 지워주는 남자가 거대한 배를 타고 세계 여행을 떠났던가 그랬지?

　―아니.

　누나가 대답했다.

　―할아버지 동화책은 그렇게 안 끝나.

　남자는 슬픔을 지워주는 사람이 아니야. 삼키는 사람

이지. 다른 사람의 슬픔을 가져다 대신 삼켜버리는 거야. 남자의 몸속에서 슬픔은 얇고 딱딱한 덩어리로 변해. 굴 껍질처럼 제멋대로 굳은 슬픔이 서로 부딪힐 때마다 챙강챙강 소리를 냈다지. 남자가 걸음을 옮기면 잘각잘각 챙강챙강 요란한 소리가 뒤따랐다는 거야. 근데 소리랑 달리 그것들은 엄청나게 무거웠대.

우리가 어릴 때는 푸른 바다를 향해 멀리멀리 떠났습니다. 그렇게 써놓으면 해피 엔딩인 줄 알았잖아? 그런데 아니야. 남자는 사람들의 슬픔을 삼킬 때마다 빠르게 늙어가. 얼굴에 금세 골이 패고 손등이 쪼글쪼글해져. 슬픔이 쌓인 몸은 바윗덩어리만큼, 쇳덩어리만큼 무거워져. 남자가 발을 옮기면 삼사 센티미터씩 땅이 꺼질 정도로 말야. 남자는 배를 띄워 바다로 향했지만 얼마 못 가 가라앉고 말았어. 사람들의 슬픔을 떠안은 채 깊이깊이 가라앉았지.

—그럴 거면 왜 그랬을까.

—뭐가?

—왜 그렇게 남의 슬픔을 집어삼킨 걸까. 감당도 못

할 거면서.

　─어쩔 줄 몰랐던 거 아닐까.

　누나가 고요히 말했다.

　─슬픔에 짓눌린 사람을 돕고는 싶은데, 대체 뭘 어떻게 해야 하는지 알 수가 없어서 무작정 삼켜버린 건지도 모르지.

　─설마 그 정도로 멍청한 이유겠어?

　내가 되물었으나 누나는 대답하지 않았다. 어찌해야 좋을지 도무지 알 수 없어서. 그 말만을 작게 아주 작게 반복했다.

　게장은 짜고 맛이 없었다. 게살이 물러 다리 속이 거의 비어 있었다. 몸통의 살을 조금씩 짜 먹은 뒤 수북하게 쌓인 게 껍데기를 쓰레기통에 버렸다. 그릇을 다 치운 뒤에야 누나는 게장이 도착한 지 한 달은 지났다고 고백했다. 괜히 뜯고 싶지가 않더라고. 누나가 변명하듯 덧붙였다. 지금은 왜 뜯었느냐고 물었더니 지금이 아니면 영영 못 뜯을 것 같아서, 라고 답했다. 나는 비리고 짠 입속을 물로 거듭 헹구었다.

손을 씻고 나오니 누나가 개를 만지고 있었다. 거실에 깔아둔 두툼한 담요 위로 개를 올리려는 듯했다. 누나는 개를 조금씩 이동시켜 기어코 앞다리를 담요 위에 올렸다.

—시끄러워서?

나는 개가 걸을 때 나는 특유의 소리를 떠올리며 물었다. 발톱이 바닥에 닿는 소리는 다각다각 같기도 하고 바각바각 같기도 했다. 늙은 개는 아주 느리게 걷는 편이라 소리가 작았지만 누나에게는 삼십 데시벨 이상의 소음일지 몰랐다. 그러나 누나는 전혀 다른 답을 했다.

—바닥이 장판이라 그런가, 개 뒷다리가 자꾸 미끄러져. 그러면 무릎에 있는 무슨 뼈가 빠진다나봐.

—슬개골?

—응, 그거. 너도 알고 있었네.

하지만 저건 항아리인데. 나는 개를 돌아보았다가 흠칫 놀랐다. 담요를 바라보던 개가 조심스럽게 코를 가져다대고 있었다. 기다란 주둥이 끝에서 마른 코가 씰룩거렸다. 개는 담요 위로 더 올라가지는 않았으나 앞다리로 디딘 자리에 긴 주둥이를 올려놓았다. 바닥에 엎드린 개가 뺨을 문지르듯 담요에 얼굴을 비볐다. 그러고는 한참

을 움직이지 않았다. 정말이지 보통의 개와 꼭 같은 모습
이었다.

　—할아버지 책 말야.
　누나가 말했다.
　—그거 어디로 갔는지 알아?
　어렸을 적 유품 상자에서 우리가 빼낸 것은 초록색 표
지의 동화책이 유일했다. 누나는 그 책을 소중히 품에 안
고 들어가 세계동화 전집 사이에 꽂아두었다. 이후 동화
책을 본 기억은 없었다. 우리가 성장할 때마다 책장이 여
러 차례 비워졌으니 어딘가에 섞여 버려졌는지도 몰랐다.
　—난 알아. 엄마가 누구한테 주는 걸 봤거든.
　—누구?
　—아랫집 애.
　누나가 얼른 말을 덧붙였다.
　—좋은 의미는 아니었을 거야. 엄마는 울분에 차 있었
으니까.
　아랫집 얘기라면 알고 있었다. 재판을 하는 동안 범인의
변호사는 끝도 없이 범인의 어린 아들을 언급했다. 어느

날은 그 어린 아들이 실종 상태라며 선처를 호소하기도 했다. 항소에 상고를 거듭하며 재판은 육 년간 이어졌다.

─경고 같은 거 아니었을까. 네 아버지가 무슨 짓을 했는지 잊지 말라는. 그래도, 그러면 안 되는 거였어. 그때 그애는 고작 열네 살이었다고.

─우린 더 어렸어.

내가 말했다. 나는 엄마가 잘못했다고 생각지 않았다. 범인의 아들이 불쌍하다는 생각도 들지 않았다. 무엇보다 열네 살은 그다지 어린 나이가 아니었다. 사람들이 손가락질하는 '바로 그애들'이 되었을 때 나는 아직 운동화 끈을 묶지 못해 찍찍이 운동화를 신고 다녔다. 누나 역시 어린이 바이엘을 치고 그림일기를 쓰던 나이였다.

─우린 둘이었잖아.

누나가 나를 응시하며 말했다.

─우린 더 어렸지만 내 곁엔 늘 네가 있었어.

검고 늙은 개가 비칠비칠 걸어왔다. 누나는 앉은 자리에서 팔을 벌려 개가 다가오기를 기다렸다. 개는 누나에게서 몇 걸음 떨어진 곳에 엉덩이를 붙이고 앉았다. 누나가 앞으로 뻗고 있던 팔로 바닥을 짚어 엉금엉금 개에게 다가갔다. 개가 머리를 주억거렸다.

—개야.

누나가 개의 민둥머리를 쓰다듬었다.

—이름은 안 지어줘?

—필요한가?

—필요하지. 계속 개야 개야 부를 수는 없잖아.

누나는 제법 고심하는 눈치였다.

—떠오른 이름이 있긴 한데.

한참 만에야 누나가 말했다. 두두. 한숨을 쉬듯 누나가 두두라고 말했다.

—글자랑 닮지 않았어? 길고 홀쭉한 게.

나는 늙은 개의 좁고 긴 머리통과 가느다란 다리를 글자와 비교해보았다. 닮은 듯도 아닌 듯도 했다. 간장 냄새가 나는지 개가 바짝 마른 코를 누나의 손바닥에 가져다댔다. 표면이 그물 모양으로 복잡하게 얽힌 검은 코였다. 콧구멍 옆쪽이 길게 뚫려 있어 개가 숨을 몰아쉴 때마다 눈에 띄게 들썩였다. 들여다볼수록 개의 곳곳이 낯설고 기이했다.

하지만 가장 이상한 건 누나였다. 괜찮겠어? 그렇게 물으려다 그만두었다. 두두. 나는 조심스럽게 저주받은 이름을, 이제는 한낱 개 이름이 되어버릴지 모를 이름을 불러보았다.

개를 산책시키고 오겠다고 하자 누나는 집 뒤쪽 산책로를 알려주었다. 산책로를 따라 위로 올라가면 뒷산이, 아래로 내려가면 조그만 공원이 나온다고 했다. 개 목에 걸린 빨간 가죽끈에 리드 줄을 이었다. 가죽끈과 같은 색의, 단면이 넓고 짜임이 단단한 나일론 줄이었다.

나는 개와 함께 산책로를 걸었다. 닭가슴살을 담은 봉지가 걸을 때마다 바스락거렸다. 갈림길에서 잠시 고민하다 아래로 내려갔다. 공원에는 운동기구 서너 개와 철봉이 전부였다. 공원 가장자리에 잡초와 잔디가 마구 섞여 자라고 있었다. 개는 기다란 주둥이를 잡초 사이에 처박고 냄새를 맡았다. 바닥을 기는 작은 것들을 추적하듯 오래 뒤따랐다. 나는 개를 데리고 내려온 길을 도로 올라갔다. 갈림길을 지나 뒷산으로 이어진다는 산책로에 올랐다.

—네 누나가 소음에 예민한 사람이기만 했다면 나도 버텨봤을 거야.

　누나의 룸메이트가 했던 말이 떠올랐다. 짐 빼는 것을 도우러 간 내게 누나의 룸메이트는 하고 싶은 말이 있다고 했다. 누나가 쓰레기봉투를 사러 간 사이 누나의 룸메이트는 나를 거실 끝으로 끌고 갔다.

　—네 누나가 밤마다 여길 걸어.

　누나의 룸메이트가 통통한 발을 앞으로 쭉 뻗어 보였다.

　—왜 그 발레 하는 사람들이 발가락 끝으로만 땅을 딛고 종종대며 걷는 거 있잖아? 그렇게 걷는 거야. 처음엔 살금살금 걷다가 어느 순간이 되면 이쪽부터 저쪽까지 정말 빠르게, 그걸 뭐라고 해야 하나.

　—도도도도?

　—그래, 도도도도! 발끝으로 도도도도, 공포에 질린 얼굴로 몇 번이고 몇십 분이고 걷고 뛰고 걷고 뛰고!

　누나의 룸메이트가 격앙된 어조로 말했다. 네 누나는 정말 이상해.

　그런데 두두라니. 나는 늙은 개를 내려다보았다. 누나

가 밤마다 도도가 되는 것도 개 이름이 두두인 것도 전부
다 지독한 장난 같았다. 그럼에도 나는 누나의 평온한 얼
굴을 떠올렸다. 개 이마를 쓰다듬던 간결하고 다정한 손
길을 떠올렸다. 괜찮아, 하고 속삭이던 작은 목소리를 떠
올렸다.

나는 길고 깡마른 개의 뒤를 따라 걸었다. 산책로가 끊
길 때까지, 뒷산의 비탈길을 오르느라 종아리가 뻐근해
질 때까지 걸었다.

나는 적당한 곳에 자리잡았다. 사람이 드물고 깨끗한
흙이 깔린 풀숲이었다. 잘게 찢은 닭가슴살을 바닥에 흩
어놓자 개미가 먼저 달려들었다. 개는 머리를 휘젓다가
개미, 흙과 함께 닭가슴살을 조금씩 핥아먹었다.

누나가 그랬던 것처럼 개 이마를 손으로 짚어보았다.
미지근한 열이 전해졌다. 얇은 가죽 아래로 단단한 머리
뼈가 느껴졌다. 나는 개 눈을 감기듯이, 이마부터 주둥이
까지를 한 선으로 연결하듯이 천천히, 길게 쓰다듬었다.
술래잡기를 끝낼 수 있는 이는 술래밖에 없는 걸까. 그런
생각을 하며 쓰다듬고 또 쓰다듬었다. 소맷자락에 매달

려 있던 얼룩이 개의 둥근 머리를 타고 기다란 주둥이 끝으로, 검은 코 끝으로, 바닥으로 굴러떨어졌다.

개가 고개를 기울인 채 자신의 앞발 사이로 떨어진 얼룩을 들여다보았다. 개의 긴 주둥이에서 혀가 빠져나왔다. 잿빛 혀가 얼룩을 핥아 입속으로 가져갔다. 늙은 개가 여섯 개뿐인 이빨로 느릿느릿 얼룩을 씹어 삼키는 걸, 나는 개와 마주앉은 채 지켜보았다. 발밑으로 어둠이 깔리고 있었다. 축축하고 서늘한 그림자가 풀숲에 드리웠는데도 개는 울지 않았다. 두두. 작게 부르자 개가 고개를 주억거렸다. 저주받았던 이름은 개의 이름으로 불리다가 끝내는 아무것도 아니게 될 것이었다. 나는 어쩐지 안도하는 마음으로 개의 이마 위에 다시금 손을 얹었다. 개와 나의 그림자를 어둠이 완전히 삼킬 때까지 가만히, 그저 가만히 개를 쓰다듬었다.

작
가
의
말

나는 오랫동안 '도도와 두두'에 사로잡혀 있었다. 단편 「여진」을 발표한 이후 줄곧 그랬다. 처음엔 못다 한 이야기가 남아서라고 생각했다. 단편은 잃어버린 것들의 목록에 가까웠고, 남겨진 자들에 대한 기록이라기엔 너무 짧았다. 마음속에 웅덩이 같은 것이 생겨 소리 없이 깊어지는 것 같았다. 안에 고인 것들은 때때로 찰랑댔고 때때로 질척거렸다. 웅덩이 주위를 서성이다 자주 발이 젖었다. 축축한 발 때문에 한기가 올라올 때면 뭐라도 써야겠다는 생각을 했다. '그날' 이전과 이후의 이야기를 쓰고 나면 그럭저럭 마른 발을 가질 수 있을 것 같았다. 편평

한 땅 위를 발자국 없이 걸을 수 있을 것 같았다.

그러나 아니었다.

소설을 끝낸 지금도 나는 여전히 웅덩이 속에, 젖은 발로 서 있다.

술래들의 술래잡기는 영원히 끝나지 않는다. 술래만이 남아 또다른 술래를 쫓는 이야기는 허무하다. 그러나 어느 날에는 술래가 다른 술래의 손을 잡을 것이고, 또다른 날에는 술래들끼리 보폭을 맞춰 달리다 서로의 얼굴을 돌아볼 것이다. 굳은 다리로 주저앉은 어느 날에는 보풀이 잔뜩 인 담요 같은 것이 그들의 어깨와 무릎을 데워주겠지. 술래잡기는 계속될 것이나 어떤 식으로든 변할 것이다. 유치하게도 나는 그런 것들을 믿는다.

애틋해하는 마음. 소중한 것을 잃어버린 자리에 고이는 노란 불빛. 좋아지지 않으려 애쓰면서도 기어코 이겨내는 마음. 그런 걸 나는 소설을 통해 배운다. 아주 조금씩만 성장하는 아이들과 놋쇠처럼 무거운 슬픔. 오래 들여다볼수록 단단해지는 그림자. 그런 걸 나는 소설을 통해 감각한다. 이상한 일이다. 소설 속에서의 나는 현실에서의 나보다 반 뼘쯤 더 크다. 조금 더 예민하고 소란스럽다. 그래서 어쩔 수 없이 정직해지고야 만다.

발밑에 나의 개가 잠들어 있다. 내 젖은 발등에 주둥이를 올려놓은 개는 땅이 흔들려도 잠시간 태연할 것이다. 밀어붙이듯 내게 몸을 기대고 흔들림이 멈추길 기다릴 것이다. 내가 술래인 줄은 꿈에도 모르고.

정은진 편집자님과 김수아 편집자님께 감사드린다. 이분들의 다정한 마음과 적확한 조언이 없었더라면 나는 이 소설을 끝끝내 마무리짓지 못했을 것이다. 더불어 이 소설 1부의 '기억'은 단편 「여진」 전문임을 밝혀둔다. 옆구리를 꼭 붙인 채 나란히 앉은 술래들의 이야기는 여기서부터 시작되었다.

2022년 6월
안보윤

문학동네 장편소설

여진

ⓒ안보윤 2022

초판인쇄 2022년 6월 14일
초판발행 2022년 6월 28일

지은이 안보윤
책임편집 김수아 | 편집 정민교 정은진
디자인 이현정 유현아
마케팅 정민호 이숙재 박치우 한민아 김혜연 박지영 안남영 김수현 정경주
브랜딩 함유지 함근아 김희숙 안나연 박민재 박진희 정승민
제작 강신은 김동욱 임현식 | 제작처 (인쇄)한영문화사 (제본)경일제책사

펴낸곳 (주)문학동네 | 펴낸이 김소영
출판등록 1993년 10월 22일 제2003-000045호
주소 10881 경기도 파주시 회동길 210
전자우편 editor@munhak.com
대표전화 031) 955-8888 | 팩스 031) 955-8855
문의전화 031) 955-3579(마케팅) 031) 955-2675(편집)
문학동네카페 http://cafe.naver.com/mhdn
인스타그램 @munhakdongne | 트위터 @munhakdongne
북클럽문학동네 http://bookclubmunhak.com

ISBN 978-89-546-9992-1 03810

www.munhak.com